ざっぽん
插畫／やすも
Banished from the brave man's group, I decided to lead a slow life in the back country.5
因為不是真正的夥伴
而被逐出勇者隊伍，
流落到邊境展開慢活人生5
Kadokawa Fantastic Novels

「雷德你在害羞喲。」

CONTENTS

ざっぽん

插畫／やすも

因為不是真正的夥伴而被逐出勇者隊伍，流落到邊境展開慢活人生5

Banished from the brave man's group, I decided to lead a slow life in the back country.

Kadokawa Fantastic Novels

CHARACTER

雷德
（吉迪恩・萊格納索）

因為被踢出勇者隊伍而決定在邊境展開慢活人生。曾立下許多戰功，是除了勇者以外最強的人族劍士。

莉特
（莉茲蕾特・渥夫・洛嘉維亞）

洛嘉維亞公國的公主。現在是雷德的戀人，兩人過著同居的生活。原本是傲嬌，但傲期已過，現在幸福滿滿。

露緹・萊格納索

雷德的妹妹，體內寄宿著人類最強加護的「勇者」。從加護的衝動中獲得解放後，在佐爾丹享受著與心愛的哥哥一起度過的日常生活。

媞瑟・迦蘭德

擁有「刺客」加護的少女。現在是露緹的摯友，兩人正一起準備開間藥草園。養了一隻名叫憂憂先生的小蜘蛛為搭檔。

亞蘭朵菈菈

加護為「木之歌者」，能夠操縱植物的高等妖精，是勇者隊伍的成員之一。持續著尋找雷德的旅行，最終來到佐爾丹。

米絲托慕

擁有「大魔導士」加護的老婆婆。佐爾丹前市長，也是前代B級隊伍的隊長，是具有豐富經歷的佐爾丹英雄。

莫格利姆・布倫茨海德

自稱屠龍者(Drake Slayer)的矮人。平民區的鍛造師，為雷德打造過劍。對人類妻子敏可百依百順，兩人是一起私奔到佐爾丹來的。

戈德溫

曾經隸屬於盜賊公會的「鍊金術師」。雖然在露緹的縱放下逃出佐爾丹，卻在官道上被亞蘭朵菈菈捉住。

序章

王都的亞蘭朵菈菈

我、賢者艾瑞斯以及勇者露緹走在阿瓦隆尼亞王都的巷子裡。

「哥哥，下一步要怎麼做？」

露緹邊走邊這麼問我。

「目前已經藉由『賢者』艾瑞斯的鑑定將加護的存在呈報給王室了。而我身為巴哈姆特騎士團的副團長，至今以來對王室建立不少貢獻與信用，因此報告應該不會被退回才對。」

聽到我這麼說，艾瑞斯也點點頭。

「最起碼可以拿到少量的資金援助吧。不過，若要讓國王認可『勇者』，那就必須建立實績才行。『勇者』是傳說級的加護，一旦認可『勇者』的存在，國家勢必要擔負相應的風險。」

「我和露緹來到王都之前，曾經摧毀掉一支襲擊我們故鄉的魔王軍聯隊。雖然這也是堪稱英雄的成就，不過並不是只有『勇者』才能立下的戰功。」

露緹思索一下。

「可是，只有『勇者』能立下的戰功是什麼？」

「有個盜賊團大概從五十年前開始就在這座王都暗中作亂。那是沒有隸屬於盜賊公會，貨真價實的犯罪集團。」

「五十年來都放任不管嗎？」

「當然有很多衛兵、冒險者還有盜賊公會想要消滅他們啊。可是就算努力追查到幹部也抓不到首領，沒辦法澈底剿滅這個盜賊團。」

「原來是這樣。」

露緹意會過來地點了點頭。

然而，接下來艾瑞斯用懷疑的眼神看著我。

「吉迪恩說得沒錯，倘若成功剿滅至今無人奈何得了的盜賊團，確實有可能得到國王的肯定，認可這是只有『勇者』才能立下的戰功。不過，你知道要怎麼抓到盜賊團嗎？如今魔王軍逐步逼近，我們可沒有多少時間能耗費。」

「雖然不知道會不會順利，但是我有門路。等一下要見的女性應該可以幫助我們解決盜賊團的問題。」

「有那麼厲害的女性？既然如此，為何還要放任盜賊團到現在？」

「畢竟王都內的犯罪行為不歸我們（巴哈姆特騎士團）管，而是屬於衛兵隊的管轄範圍啊。」

聽完我的解釋，艾瑞斯依然一副不太信服的樣子。

「就算如此，也可以把對方介紹給衛兵隊吧？」

「……雖然基層不是這樣，但衛兵隊的高層不信任高等妖精啊。」

「高等妖精！亞人能信嗎？」

「放心啦。高等妖精重視的不是契約，而是信賴關係。可能就是價值觀的不同讓人類高層討厭高等妖精吧。再說……那個盜賊團的首領可是在位長達五十年啊。從很多方面都看得出來，盜賊團的首領很可能是高等妖精。所謂同行知門道，高等妖精的事情問高等妖精就對了。」

穿過巷子後，王都城牆內有一座小森林。

這是一處彷彿隔絕塵囂的靜謐空間。

「王都裡還有這種地方啊！」

艾瑞斯驚訝地說道。

露緹也興味盎然地打量著四周。

聽著小鳥的啼叫聲，我們在森林中走了一陣子。

「哥哥，有屋子。」

森林裡一處採光良好的地方，座落著一間有煙囪的磚瓦屋。

而屋子旁邊則聳立著一棵令人肅然起敬的巨大櫸樹。

我們走近屋子之後，屋門猛然打開，從裡面衝出一道白影。

「吉迪恩！」

她撲抱住我，並在我的臉頰上親吻了一下。

這是高等妖精特有的肢體接觸習慣吧。

站在我背後的露緹散發出的氣場微微震盪著空氣。

「呃，我介紹一下，這是我的朋友亞蘭朵菈菈。」

我苦笑著將亞蘭朵菈菈介紹給他們認識。

亞蘭朵菈菈隔著我的肩膀，朝露緹和艾瑞斯嘻嘻一笑。

「你們就是勇者露緹和賢者艾瑞斯吧？事情我都從朋友們那裡聽說了。」

「妳的朋友們？」

艾瑞斯一臉狐疑地反問回去。

亞蘭朵菈菈鬆開我之後，敞開雙臂說：

「我是『木之歌者』亞蘭朵菈菈。這片大地上的所有草木都是我的朋友！」

森林沙沙搖曳起來，好似在回應亞蘭朵菈菈。

我們停留在王都的這段期間，亞蘭朵菈菈成為有力的幫手，不僅協助解決了盜賊團的問題，還幫我們取得勇者之證。

我們從王都啟程之際揮別了亞蘭朵菈菈，但又在洛嘉維亞公國的戰役中重逢，而後她正式加入隊伍，直到我被逐出隊伍前始終與我們並肩作戰。

第一章 去訂做戒指吧

阿瓦隆大陸有七個國家擁有正式稱王的權利，亦稱為阿瓦隆七王國。

七王國以外的國家也會按慣例以王自居，但如同洛嘉維亞「公國」此名所示，並非正統的國王。阿瓦隆七王國的各國簡述如下——

露緹與雷德的祖國，在阿瓦隆大陸中央擁有最大領土的「阿瓦隆王國」。位於大陸西方，在對抗魔王軍中滅亡的文武之國「弗蘭伯格王國」。

以巨大都市祈萊明著稱，高等妖精們居住的北方國度「祈萊明王國」。

遭到海賊霸王葛傑李克篡奪王位，升格為統治南部沿岸一帶的第二大國「維羅尼亞王國」。統治東北高原，由自稱繼承前代勇者血脈的騎士王所治理的「卡塔法克托王國」。統治「世界盡頭之壁」的前方，由老雷龍（Ancient Lightning Dragon）守護的東方大國「天龍王國」。再過去的極東地區，則是在世界的另一端與暗黑大陸隔著海峽相望，長年戰火不斷的「翡翠王國」。這些國家固然能夠稱王，但並不代表就是強國。洛嘉維亞公國身為軍事大國，遠遠強過領土狹小的祈萊明王國，以及在葛傑李克即位之前一度淪為城邦的維羅尼亞王國。儘管如此，各國的王冠依然對各地諸侯具有強大的影響力。

歷史悠久的血統被視為統治正當性的重要依據，避免「將軍」和「冠軍」這些加護的持有者以自身的英雄型加護為由聚攏人心，故而尤顯諷刺。

此外，雷德、露緹還有佐爾丹人口中的「王都」和「中央」，一般都是指阿瓦隆尼亞王國。

對抗魔王軍的戰爭，本應由各王國齊心協力一同作戰。

然而，維羅尼亞王國宣布中立，只有少數義勇軍與阿瓦隆尼亞王國會合。

這種投機的態度雖然遭到諸國嘲笑海賊果然當不了王，但今年已九十歲的年邁國王仍舊默不作聲。

距離前線遙遠的祈萊明王國表明會積極參與對抗魔王軍。不過，高等妖精和人類的價值觀有所歧異，目前還是無法達成和諧的合作關係。

卡塔法克托王國除了領地的前線以外，也派出引以為傲的遊牧民重騎兵部隊前往大陸各地。

但是，論起卡塔法克托王國的建國由來，是從前統治中央的蓋亞玻利斯王國遭到阿瓦隆尼亞王國消滅之際，蓋亞玻利斯的重騎兵（Cataphract）們將倖存的王族帶到自己的故鄉藏匿起來，而後才有這個國家。

儘管卡塔法克托王國的騎兵們會對抗魔王軍，卻是各自為戰，完全不打算聽從阿瓦隆尼亞王國的指揮。

至於東方的兩個王國，由於位在將大陸縱向隔開的「世界盡頭之壁」另一端，連戰況如何都不是很清楚。

其實還是可以和來往於貿易通道「拂曉之路」的商人交換消息，得知一些諸如翡翠王國的武士們持續在對抗強悍的魔王軍等傳聞。無論如何，要讓這兩個王國跨越「世界盡頭之壁」與阿瓦隆尼亞王國合作是不可能的。

到頭來，就是聯合軍分散各地與魔王軍打仗。這種窘境導致聯合軍在勇者露緹出現之前一再於重大戰役中敗退，短時間內連阿瓦隆尼亞王國也被魔王軍攻占了不少領地。

但勇者露緹現身後，轉戰到各地解放被占領的地區，並且殲滅了最大的威脅——風之四天王甘德魯所率領的飛龍騎兵隊，讓戰況逐漸好轉。

而且勇者甚至成功讓卡塔法克托國王與阿瓦隆尼亞國王進行會談，雙方都做出了一些讓步。

如今兩國關係已有所改善，至少能夠在同一戰場上並肩作戰。

雖然阿瓦隆大陸聯合軍展現反擊兆頭，魔王軍依舊極為強大，戰況就此陷入膠著。

此外王都那邊還接獲情資，指出接任甘德魯的新風之四天王韋德斯拉正在重組飛龍騎兵。

聯合軍以阿瓦隆尼亞王國的巴哈姆特騎士團為中心持續展開反擊，只是戰況仍難以預料。

＊　＊　＊

「啊，蔬菜漲價了耶。」

我在佐爾丹的市場看著蔬菜。

前些日子還是一根5克蒙的大蔥，現在變成10克蒙了。

「唔……」

我本來想買大蔥來做菜，沒想到變兩倍價了。而且才過沒幾天就漲價。

「阿姨，為什麼大蔥突然貴這麼多啊？」

顧店的阿姨原本一副很冷的模樣靠著火盆取暖，這時挪動包得鼓鼓的身體慢吞吞地走過來。

然後，她直勾勾地盯著大蔥，那眼神無聲地透露出「體諒一下不得不漲價的苦衷吧」這樣的意圖……

「啊，標錯價了啦。」

「喂～」

今天的佐爾丹還是如此和平。

＊　＊　＊

我在市場裡走著走著，便看到一隻眼熟的蜘蛛朝我揚起前腳。

「怎麼啦，憂憂先生？今天只有你自己嗎？」

我走近牠後，伸出了右手。

憂憂先生輕巧地跳到我的右手上。

接著，牠搖搖頭。

「嗯嗯，是遇到什麼困難了嗎？」

與憂憂先生交流過無數次之後，我也大致搞得懂牠想表達的事情了。

我按照牠的指示，在路上走了一會兒。

話說回來，這隻蜘蛛還是這麼神通廣大啊。牠顯然是知道我在這裡才過來叫我的。

可能是利用設置在地面的蜘蛛絲來判斷觸碰者的體重和走路方式，藉此找到我這個熟人的吧。

走沒多久，我就看到一個戴著兜帽的嬌小身影坐在陳列水果的地攤前，目不轉睛地望著商品。

「小姑娘，每個都很好吃，妳用不著這麼煩惱啦。」

地攤老闆一臉傷腦筋地跟媞瑟推薦柳橙，並且問道：「這個如何？」而媞瑟瞥了一眼後回答：「不勞費心了。」

「哦哦，這不是雷德嗎！快來幫忙！這位小姑娘已經磨磨蹭蹭猶豫一個小時了。」

「一個小時啊？」

憂憂先生也一副傷腦筋地擺了擺前腳。

「媞瑟，妳到底在猶豫什麼啊？」

「雷德先生，你好。其實也不是什麼大事。」

媞瑟語調認真地繼續說道：

「聽說外國不是有在浴池裡放柑橘類水果的習慣嗎？」

「嗯，雖然我不太了解，但確實有國家習慣這麼做。」

「我很好奇。」

「所以才來市場嗎？」

「可是，我不曉得究竟放哪種水果比較好。」

「然後就猶豫了一個小時嗎？」

這個叫做媞瑟的少女外表看似冷酷，實際上是個性很好的正常人，結果卻有某些奇怪的堅持。

「且慢，雷德先生也待過那個性格特色鮮明的隊伍嘛。」

「噢，妳看出我在想什麼了啊？」

露緹、達南、蒂奧德萊、艾瑞斯、亞蘭朵菈菈與媞瑟。

跟這些成員比起來，我覺得自己根本是個人畜無害、平凡無奇的正常人。

「不，雷德先生也是個十足的怪人。」

「是這樣嗎？」

憂憂先生撇開視線，彷彿想跟我們劃清界線。

「算、算了，先不說這個，雖然我不知道那個習慣本來怎樣……不過我想，只要是柑橘類水果都能讓浴室充滿香氣吧。」

「唔……那該選哪個才好呢？」

「這個嘛，選橘子或香橙吧？」

「橘子和香橙嗎？嗯，我滿想試試看的。」

「終於決定好了啊！唉～真是謝天謝地。」

地攤老闆如釋重負，還順便逼我也買點橘子。

＊　＊　＊

我和媞瑟拎著購物袋走在路上。

「對了，妳怎麼會突然想到外國的洗澡習慣啊？」

「昨天接到冒險者的工作，要去營救被巨魔抓走的村民和冒險者，然後就遇到一個引退的冒險者老婆婆來幫忙。」

「哦？幫得了媞瑟的魔法師嗎？」

「因為有兩個入口，所以我負責入侵，請老婆婆在另一邊埋伏免得巨魔逃走。想逃走的巨魔都被老婆婆消滅了喲。」

「很厲害耶。」

「是啊。然後，戰鬥結束後，老婆婆默默說了句想要泡澡，我們就聊了很多關於泡澡的事情。」

「聊了很多啊？」

和沒什麼表情的媞瑟第一次見面就能打開話匣子，看來那位老婆婆果真很有本事。

「總而言之，我當時聽到外國在泡澡時有放柑橘類水果的習慣，但忘記具體放的是什麼水果，才會變成今天這樣。」

「聽完隔天就打算嘗試，妳真的很喜歡泡澡耶。」

「是很喜歡沒錯。」

「哦～」

媞瑟秒答了。

細看她的表情，還會發現她不知為何有些得意的樣子。

「啊，話說，之後有機會大家一起去泡溫泉吧？」

「這附近有溫泉嗎？」

「沒記錯的話，聽說『世界盡頭之壁』那邊有溫泉。」

「天然溫泉啊？我非常有興趣。」

媞瑟的雙眼散發出閃耀的光輝。

要是那個傳聞是假的該怎麼辦？

「啊，對了。」

我改變了話題。

「那位老婆婆是住在村子裡嗎？」

「不是。她說自己隱居在更深處的聚落，去佐爾丹找朋友的路上順便過來看看而已。那麼，我們什麼時候要去泡溫泉呢？」

「我、我先查查看再說啦。」

媞瑟緊抓著原本的話題不放，我只好這麼回答了。

＊　＊　＊

買齊食材後，我揮別媞瑟走在回家的路上，這時聽到空地那邊傳來歡呼聲。

「好強喔喔喔！」

「已經五連勝了耶！」

「是王者！這個人是飛龍王者啊！」

怎麼鬧哄哄的？

我心中好奇，便繞過去空地看一下。

「大姊姊好厲害喔喔喔喔！」

「哼哼～♪」

露緹正在那裡和孩子們一起玩桌遊「飛龍競速」，臉上帶著滿足的笑容。

看來她連戰連勝，從孩子們那裡奪走了大量飛龍模型。

「再、再一把！」

「好啊。」

露緹放置在桌遊板上的是玻璃飛龍模型。那隻閃閃發光的龍吸引了平民區孩子們的目光。

不服輸的孩子們將白石飛龍模型、黑鐵飛龍模型和紅寶石眼睛的飛龍模型放在桌遊板上。

模型的材質並不會在遊戲上占便宜，但佐爾丹的規矩是贏家可以拿走所有模型，特殊的飛龍模型會造成心理上的壓力。

在木片上畫飛龍或隨便撿顆石頭都能用來玩遊戲，但拿出自己最強的飛龍迎擊對方的最強飛龍是所謂的騎士精神，起手與對方處在精神上的對等立場是勝利祕訣。

「這麼熱鬧啊。」

「哥哥！」

露緹一發現我，就像個被抓到惡作劇的少年一般張皇失措。

那模樣很可愛，我不禁笑了出來。

「真厲害耶，贏了很多次嘛。」

「呃，那個……」

「妳一直想玩玩看這個吧？這樣很好啊。」

從小就是「勇者」的露緹不擅長交朋友，畢竟她在小孩子的圈圈中完全是個異類。因此就我所知，露緹並沒有玩過飛龍競速。

不過，我知道她在旅行的時候，私下會盡可能蒐集飛龍模型。

露緹大概覺得被我撞見自己在搶小孩子的模型是件不太光彩的事情，但實際上不是她想的那樣。

飛龍競速的妙趣就在於即使對手是小孩子，雙方都是心甘情願賭上飛龍模型而擲骰子。露緹是贏了遊戲才得到飛龍模型，這沒什麼好丟臉的。

我對露緹笑了笑，安撫她的情緒。

「我在騎士團見習的時候也玩過一點喔。」

「哥哥也玩過嗎？」

「下次大家一起玩吧？」

「好。」

聽到我這麼說，露緹開心地點了點頭。

＊　＊　＊

隔天，雷德&莉特藥草店——

我坐在櫃檯，一邊藉腳邊的火盆取暖，一邊看著筆記沉吟。

「寶石啊……」

我在煩惱送給莉特的戒指要用什麼寶石。

雖然莉特說只要是我選的東西她都喜歡，正因如此我才不願妥協，想要找到適合莉特的最棒寶石。

儘管興起了鬥志，然而就算撇除資金的問題不談，能在邊境佐爾丹尋到的寶石本來就很少。

正所謂有需求才有供給。

「世界盡頭之壁」使得佐爾丹成為官道的終點，只會最低限度地流進供貴族賞玩的寶石。

更何況，佐爾丹的貴族比起寶石似乎更講究布料。他們認為把五顏六色的衣服層層穿在身上就會像中央的人一樣體面，飾品只是其次。

不過在平民區居民眼中，那種一看就覺得悶熱的穿搭簡直糟透了。

「……還是不想妥協。莉特那雙天藍色眼睛就該搭淺色藍寶石吧。」

我劃掉了所有作為折衷方案的寶石。

「好，去一趟『世界盡頭之壁』吧。」

如果想在佐爾丹一帶找到稀有寶石，那就只能前往把阿瓦隆大陸縱向隔開的大山脈「世界盡頭之壁」了。

住在「世界盡頭之壁」的寶石巨人應該收集著大部分的寶石。

但我當初來佐爾丹是為了過慢生活，並沒有詳細調查過「世界盡頭之壁」那邊的地理環境。

我攤開佐爾丹製圖工匠所繪製的地圖。

這也是沒有調查紀錄的空白地圖。

我用手指在一片空白的地圖上畫了個大圈。

「聚落位於這附近……再怎麼說範圍也太大了吧。」

要是籌措人力和資金，展開以幾個月為單位的大規模調查還能另當別論；但我當然沒那個打算，也沒那個錢。

「先去祖各的聚落吧。」

「世界盡頭之壁」的山腳處有祖各這種鼠型魔物的聚落。

牠們具備與人類相當的智慧，應該知道很多關於「世界盡頭之壁」的事情。儘管並不是對人類友善的魔物，但我以前曾經幫年輕祖各療傷過，還把牠送回村子，現在只要拿肉過去就會受到牠們的款待。

「雷德，我送完貨嘍。」

「辛苦了。」

去紐曼的診療所送貨的莉特回來了。

她脫下手套和大衣朝我走來。

我伸出雙手，碰觸莉特那在寒冬中凍得通紅的臉蛋。

「你的手好溫暖～」

最近我和莉特其中一個從外面回來的時候，另一個就會像這樣碰觸對方冰涼的身體給予溫暖，這是在我們之間偷偷流行起來的小習慣。

「這邊有火盆，一起烤火吧。」

「唔～這樣的話……」

莉特微微挪動我放在她臉頰上的手，藉此遮住泛紅的上揚嘴角，並在我旁邊坐下。

「嘿嘿嘿。」

接著，她把冰涼的腿纏在我的腳上。

「等、等一下啦，莉特。」

「比起烤火，我更想要從烤火的雷德身上汲取溫暖～」

莉特用大腿夾住我的腳。

在外面走動過的莉特腿很冰，我的臉和身體卻逐漸發燙起來。

「雷德你在害羞喲。」

「……妳還不是一張臉紅得要命。」

「因為我是在大冷天裡走回來的呀～！」

莉特算計得逞似的說得洋洋得意，我的手放在她的嘴邊，可以感覺到她整張臉都笑開了。

不過我也覺得自己被她擺了一道，便輕輕揉捏起她的臉頰。

今天也是美好的一天。

一會兒後，身體已經夠暖和的莉特放開我，看向櫃檯上攤開的地圖。

「嗯？話說你為什麼在看地圖啊？」

「喔，呃，就是那個嘛。」

「怎麼說得吞吞吐吐的……難道！」

莉特猛然抱緊我。

「別告訴我你想一個人去冒險喔！」

「沒有，不是啦。」

要把這件事告訴莉特讓我有點害臊……

「我在計劃要怎麼取得戒指的寶石。」

「啊……」

莉特的臉上轉眼間漾起柔柔笑意。

「原、原來是要找戒指的寶石啊……」

她像是想藏起羞紅的臉龐一般把額頭抵在我的胸口上，同時更加用力地抱緊我。

「嘿嘿嘿，戒指呀～」

她在我懷中顫抖著肩膀。

這個舉動非常惹人疼愛，我在她額上落下了一吻。

* * *

「那你要去哪裡找寶石呢？」

我們相擁半晌，一察覺到客人的氣息便連忙分開。

走進店裡的是半妖精木匠岡茲，他正一臉賊笑地看著我們。

他買完藥離開後，莉特把收進櫃檯下方的地圖又拿出來攤開，然後這麼問我。

「這個嘛，我打算去『世界盡頭之壁』找寶石巨人要寶石。」

「咦咦！」

莉特驚呼一聲。

於是我將具體計畫告訴她。

「原來如此……其實你不用這麼大費周章，只要是你選的寶石，就算是常見的種類對我來說也是寶物啦。」

「我說過要自己挑選戒指送給妳嘛，所以我不能在選擇上讓步。畢竟我這一輩子只會送這麼一次戒指啊。」

「一輩子只有一次啊……嘿嘿嘿。」

莉特勾起嘴角，發出了奇怪的笑聲。

她害羞地用紅色方巾遮住嘴巴後，用力地點了點頭。

「嗯，我明白了。既然雷德這麼看重這件事，我也要好好接受並回應這份心意！雷德為我挑選的戒指……我很期待收到喲！」

「雖然我很想說『包在我身上吧』，但我不確定能不能真的見到寶石巨人並取得寶石就是了……不行的話，只能用雜貨商人幫我保留的藍瑪瑙做戒指了。要是變成這樣就遜掉了，先跟妳說聲抱歉。」

「不會啦！認真為我挑選寶石的雷德才不遜！我的雷德可是世界第一帥喲！」

莉特說得非常肯定，感受不到絲毫開玩笑的意味，讓人知道她是真心這麼認為的。

我用右臂遮住揚起的嘴角和紅透的臉，想學莉特圍方巾的念頭從腦中一閃而逝。

看到我害羞的模樣，莉特像是在忍耐什麼似的抿緊嘴唇，不過——

「哎喲，真是的。明明是世界第一帥，卻還有這種反差的一面！讓我變得更喜歡你到底想幹嘛啦！」

她驀然綻放笑靨再度抱緊我，然後這次由她主動吻了過來。

＊　＊　＊

又察覺到客人的氣息，我們連忙放開彼此。

走進店裡的是矮人鍛造師莫格利姆，他看起來一點也不在乎我們在做什麼，大步走過來後便雙臂「咚」的一聲放在了櫃檯上。

「嗨，雷德！今天也是美好的一天哪！」

「是啊，是很美好沒錯，莫格利姆。那你今天有什麼事？你這個矮人總不會是來買解酒藥的吧？」

莫格利姆咧開被鬍子蓋住的嘴巴大笑起來。

「那還用說！俺拿斧頭擔保，鬍子爵士山的矮人就算喝下用龍獸頭骨盛得滿滿的烈酒，隔天早上照樣會準時起來給爐子生火啦。」

酒量好對矮人來說似乎是一種榮譽。

和矮人一起喝酒的時候，我一定會先聲明要按照自己的速度喝。

矮人們也知道只有他們自己認為酒量好是社會地位的象徵，只要拒絕的話，他們通常不會強迫其他種族喝酒。

不過，每個地方都會有討厭鬼，我就遇過有些人不可一世地譏諷說：「『沒啥鬍子的』淨是些不會喝酒的小鬼啊！」

從這方面來看，莫格利姆這個人很好相處，不會基於自己喝酒的速度給別人勸酒，是矮人中的例外。

「對了，就來講講俺是怎麼把東方來的邪惡蛇龍獸灌醉後宰掉的吧。」

唯一美中不足的是，他很愛說自己是屠龍者，大吹特吹那些英勇事蹟。

「好啦、好啦，以後再說吧。你到底要買什麼藥啊？」

「噢，差點忘了。俺今晚要招待一個重要的朋友，所以來找你要點辛香料。」

「辛香料啊？我知道了。畢竟懷爐的原料也受了你不少照顧嘛。」

「哦哦，太好了！俺回頭一定好好答謝你！」

我把莫格利姆想要的辛香料分裝成幾個袋子遞給他。

莫格利姆握住我的手邊搖邊大聲道謝，又順便買了些營養餅乾才回去。

店裡再度回歸寂靜，我和莉特相視一笑。

「那你什麼時候要出發呀？」

「去『世界盡頭之壁』嗎？其實距離冬至祭那天晚上沒多少時間了，我打算後天就出發。」

「後天！沒問題，我也馬上去準備！」

「咦？」

「我當然也要一起去吧？」

「呃，可是，我要去找的是送妳的寶石，還讓妳幫忙不太好啦。」

「不行喔！你為我挑選寶石才是重點，尋找寶石的苦勞讓我也一起分擔照理說沒關係吧！」

莉特說著，那雙天藍色的眼眸湊到我眼前。

「……也對，是我錯了。我們一起去吧。」

「嗯！」

既然如此，那就打起精神多花點心思準備保久食品吧。

一想到有莉特陪在身邊，就連探索「世界盡頭之壁」也成為了一種期待。

＊　＊　＊

傍晚——

露緹和媞瑟來我店裡吃晚餐了。

今天的菜色是馬鈴薯湯和奶油煎雞腿。

「真好吃。」

露緹今天也津津有味地吃著我做的料理。

吃完晚餐後。

「露緹。」

「怎麼了？」

「有件事要跟妳說。」

要去「世界盡頭之壁」的話，我就必須離開佐爾丹一陣子。

這件事一定要告訴露緹才行。

「我打算後天要出發去『世界盡頭之壁』。」

「去『世界盡頭之壁』？」

「我想去寶石巨人的聚落用玻璃交換寶石，所以應該有一段時間不在佐爾丹。」

「好。」

露緹直勾勾地注視著我點了點頭。

「我也去。」

「咦……」

她的語氣蘊含著前所未有的堅定決心。

「我等這個機會等很久了。」

「等很久？」

「我之前經歷過無數的冒險和戰鬥，因為我是勇者。而哥哥是為了我才去冒險的，這讓我非常開心。」

她目不轉睛地看著我。

「但是，我從來沒有為哥哥冒險過，也沒有為哥哥戰鬥過。我希望自己的長處可以為哥哥盡一份力。」

她猛然湊近我的臉龐。

「哥哥，讓我加入吧。」

「這、這樣啊，嘿嘿嘿，沒想到露緹是這麼想的。我很高興喔，謝謝妳……當然，妳是我最自豪的可靠妹妹，這點我比任何人都清楚。倘若有妳在，我也可以放心了。」

「嗯。」

露緹像是在為自己打氣似的握緊雙手。真可愛。

「呃，那媞瑟呢？」

「我留下來為藥草園的開張做準備好了。由你們三個前行，想必任何魔物都不會是對手。」

媞瑟開心地笑看著充滿鬥志的露緹。

露緹真是交了個好朋友啊。

下一刻——

「對了，哥哥。」

「嗯？」

「你要寶石做什麼啊？」
周圍的空氣彷彿瞬間凍結。
媞瑟停下動作，視線投向我和莉特。
露緹用那雙清澈的眼眸筆直地看著我。
我做了個深呼吸後緩緩開口說：
「我要用來做訂婚戒指。」
媞瑟發出倒吸一口氣的聲音，莉特則一臉緊張地緊握雙拳。
「哥哥。」
露緹那緋紅眼眸動也不動地凝視我。
然後——
「恭喜你們，這真是太好了。」
說完，她露出喜悅的笑容。

＊　＊　＊

「唉呀，緊張死我了。」

露緹她們回去後，莉特臉上帶著笑容這麼說道，只是雙手都虛脫地垂了下來。

「不過我好意外啊。露緹那麼喜歡雷德，我還以為哥哥被搶走她會不開心呢。」

「就是說啊。但露緹過去是因為加護才沒辦法對我以外的人傾注感情，現在沒了這個限制，她或許已經找到其他覺得不錯的對象了吧。」

「勇者」的加護使得露緹擁有精神抗性，無法對他人抱有人性中的感情。只有在精神抗性增強之前，也就是等級提升之前對身旁的我傾注過感情的回憶，是她唯一抱有的感情。

然而在「Sin」的影響下，她得到了隨心所欲地增加或消除抗性的自由。

她現在對任何人都能夠產生感情。

「總覺得她不再需要哥哥了，讓我有點寂寞。」

「雷德你也滿戀妹的嘛。」

「唔……這我不否認。」

「那我問你喔，你想像一下，如果露緹喜歡上戈德溫那樣的傢伙怎麼辦？」

「暗中幹掉啊。」

「別、別一臉嚴肅地說這種話啦，聽起來不像在開玩笑耶。」

雖然我確實是在開玩笑……但萬一成真了，我究竟能不能冷靜以對呢？

如果對方是那種貨色，我也真的只能暗中幹掉了。

「好了啦，雷德你真是的。」

也許是察覺到我內心的盤算，莉特泛起了苦笑。

＊　＊　＊

（我完全可以想見雷德先生他們之間會有這樣的對話。）

我叫做媞瑟．迦蘭德，是一名殺手，也是戀愛中的勇者大人的好友。

剛才，露緹大人對雷德先生和莉特小姐要訂婚一事表達祝賀。

乍看之下或許像露緹大人放棄了雷德先生，為他們兩人的未來獻上祝福。

雷德先生他們可能認為露緹大人的戀愛問題已經解決了。

但他們錯了。一直在露緹大人身邊的我很清楚。

「露緹大人，這樣好嗎？」

「妳指什麼？」

「雷德先生和莉特小姐的事。」

「喔。」

露緹大人點點頭。

「莉特是個好人，而且也很珍惜哥哥。我最近總在想，哥哥的妻子就該是那樣的人才對。」

「這樣啊，那太好了……不過，雷德先生結婚的話，妳不會覺得寂寞嗎？」

「寂寞？為什麼？」

「呃……」

露緹大人揚起不含一絲惡意的澄淨笑容。

「畢竟我是妹妹，沒辦法和哥哥結婚，所以妻子的位置就讓給莉特了。」

「咦，什麼？」

「就算不結婚，還是可以當戀人。」

果然問題根本就沒有解決啊！

露緹大人那張缺乏表情、宛如人偶般精緻的臉龐泛起淡淡紅暈。

「哥哥胸襟寬闊，兩個人對他來說不是問題。莉特當他的頭號妻子，我當他的頭號戀人就好了。」

「…………」

雷德先生，你有一個天大的誤會。

露緹大人確實可以尋找新戀情了，但愛情這種東西並不會等速提升；而是原本好感度高的人會變得更高，集中在同一個人身上不斷提升。

自從可以尋找新的戀情後，露緹大人每天都在無限提升對雷德先生的好感。

倒不如說，現在已經達到無法挽救的地步了吧？

我與肩上的憂憂先生一起歪著頭，煩惱這下該如何是好。

＊　＊　＊

夜晚，通往佐爾丹官道附近的村莊——

要去佐爾丹的人經常在這裡投宿。

若是來往於官道的人夠多，這裡應該能成為驛站街町；不過去佐爾丹的商人和旅客很少，以致於這個村莊雖然座落在離佐爾丹僅一天路程就能抵達的絕佳位置，卻只有一棟兩層樓的旅館。

酒館外頭一張髒兮兮的桌子旁，坐著美麗的高等妖精女性以及無精打采的男人。

老舊的椅子喀答喀答地搖晃著，大概是椅腳高低不一的緣故。

無精打采的男人嚼著鹽漬紅蘿蔔，不時抓撓一下自己的臉。

「欸，我都已經告訴妳那傢伙在哪了，可以放我走了吧？」

「我又不知道你說的到底是真是假，況且你一臉就是罪犯的模樣，要我放你走根本不可能。」

聽到男人發牢騷，高等妖精……亞蘭朵菈菈面不改色地回道。

她看起來一丁點也不在意男人的怨恨瞪視。

「是妳自己說，只要我把知道的事情都告訴妳就會放了我耶。」

「我只是要你回答我的問題喔？至於你回答完之後要怎麼做，我可是一個字都沒承諾過。」

「太過分了吧！」

男人又用手指撓了撓臉。

「你再抓下去臉會歪掉喔。」

「可是臉上總火辣辣地發疼啊。」

「畢竟是寄生在皮膚上的蕈菇嘛，有點刺痛也是很正常的。」

「妳確定沒問題嗎？我可不想撕下來的時候直接被扒掉一層皮啊。」

「放心吧。這蕈菇還會順便幫你去除粉刺，讓皮膚變得光滑細嫩。反而是蕈菇一直在抱怨你那張不衛生的臉好嗎？拜託把臉洗乾淨啦。」

「蕈、蕈菇在抱怨喔？」

雖然長相和聲音完全不一樣，這個男人就是製作出惡魔加護的畢格霍克心腹，曾經擄走半妖精少年艾爾的盜賊公會成員。

也就是被露緹從監獄裡帶出來，無奈之下只能與雷德等人一起對決賢者艾瑞斯的鍊金術師戈德溫。

現在亞蘭朵菈菈在戈德溫臉上貼了一種名為「黃色假面」的蕈菇。

黃色假面可以藉由貼在人的臉上來創造新的長相和嗓音。

這種蕈菇本來極為危險，會從後腦勺寄生於神經進而奪走身體的掌控權；不過亞蘭朵菈菈具有操縱植物的能力，讓它只有改變長相和嗓音的作用。

要是戈德溫得知黃色假面的特性大概要大吵大鬧一番，但不知是幸還是不幸，他相信亞蘭朵菈菈告訴他這是用來變裝的蕈菇。

「更何況——」

看著戈德溫嘔氣的模樣，亞蘭朵菈菈稍微壓低聲音說道：

「你自稱是莉特的朋友，卻立刻把她的行蹤告訴我。」

「還不是因為妳說沒有要加害莉特和雷德的意思嗎？」

「這樣你就放心地把一切告訴我了?真是朋友的話，難道不該再試探一下我對莉特他們是不是抱持善意嗎？」

「我明明就是照著妳的要求去做，高等妖精真的很麻煩耶！」

「是人類太輕忽信賴了。」

戈德溫大嘆一口氣。

他接下來必須和亞蘭朵菈菈一起回佐爾丹。即使改變了長相，但只要被衛兵識破就完蛋了。

（就算要逃走，這個叫亞蘭朵菈菈的高等妖精實在太強了，我根本找不到逃走的機會……唯一能指望的就是雷德他們會幫忙勸這個高等妖精放我走。）

雷德他們曾放走他一次，戈德溫只能相信他們一定會說服亞蘭朵菈菈了。

＊　＊　＊

第二天中午過後——

我揹著大量貨物走在佐爾丹的市場裡。

「其他要買的還有……」

明天就要展開旅行，久違地在野外露宿幾天。

我來採買一些需要用到的雜物。

「有打火石和火鐮，柴火基本上都是撿樹枝來用，不過慎重起見還是準備好一天份的。再來是三十公尺的堅韌絲綢繩、新帳篷、舊毛毯、提燈用的油壺、三塊肥皂、十根粉筆、一打蠟燭、磨刀石、防水包、鐵鍋、湯勺、鐵串叉、砧板、鐵鍋用三腳架，這個三腳架很好用，和串叉組合起來就能做串燒了。另外就是要送給祖各們的豬肉塊，以及給寶石巨人的玻璃珠。」

雖然荷包大失血，但只要能和寶石巨人多換到其他寶石就穩賺不賠了。

買賣寶石並不是藥草店的工作，不過能賺則賺。

「為防萬一，保久食品就準備十四天份的吧……對了，這次做做看妖精的保久食品好了。」

我想起從前的隊友亞蘭朵菈菈告訴我的食譜。

那是把砂糖和牛奶揉進麵團烤成的柔軟麵包，一般來說不能當保久食品；但高等妖精們研發新方法，將妖精草莓和棕莓做成的果醬塗在表面，就可以讓麵包放上半年也不會腐壞。

達南他們也是一致好評……雖然達南好像什麼都說好吃，但不管怎麼樣，疲憊時吃點偏甜的麵包還是不錯的。

「材料幾乎都買齊了，就剩妖精草莓要買了吧。」

我想像著莉特吃到麵包會露出什麼表情，儘管揹著大量貨品，卻腳步輕快地走在市場裡。

＊　＊　＊

夜晚打烊後，我和莉特在為明天做準備。

「喏，這個很棒吧！」

「什麼東西？哦～這不是伊格思島的小刀嗎？」

「輕便堅固，還有施加魔法呢。你看，可以讓它停留在空中，用來掛行李或帳篷都沒問題喲。」

「哦～真方便耶。」

我們都很悠閒地做著準備，莉特正喜孜孜地向我展示她那些便利的旅行工具。

照這個步調還是來得及，就算有突發狀況導致我們停下手邊的事，來不及做完明天的準備，只要延後到明天中午或後天早上再出發就行了。

這次的冒險是慢生活的一部分，比起效率，我和莉特更重視這趟冒險要玩得開心。

不過，一想到麻煩，麻煩就真的會找上門。

「雷德！不好意思，你快開門！」

隨著敲門聲，莫格利姆粗啞的嗓音也同時響起。

「怎麼了？」

從他的語氣察覺到事情不太對勁，我和莉特趕忙往店門口走去。

開門後，只見矮人莫格利姆那張長滿鬍子的臉漲得通紅，正打著赤腳站在外面。

「雷德！俺老婆暈倒了！」

「你說什麼！」

「雖然請紐曼醫生看過了，但他說藥不夠用！來你這裡比回診療所更快，所以他說把紙條拿給你看，你可以幫忙準備好所有要用到的藥。」

我接過莫格利姆遞來的紙條一看。

「……這是治療貧血和脫水症狀的藥啊。」

「是嗎？俺不是很懂，麻煩你快點準備吧。」

「而且最後一行的藥還註記是為了將來預先做準備。」

我緊盯著莫格利姆。

「莫格利姆，你來這裡之前醫生究竟跟你交代了些什麼？」

「他好像說了很多，但看到老婆倒下俺整個人就慌了，只記得要買藥……怎、怎麼了？是很嚴重的病嗎？」

「雷德，到底是什麼病啊？」

莉特也擔心地湊過來看紙條。

「啊，這不是……」

看來她也立刻察覺到了。

「莫格利姆，恭喜呀。」

「什麼鬼！俺老婆暈倒了很值得恭喜嗎！」

「寫在最後的藥是孕婦專用的感冒藥和頭痛藥啊。」

「咦？」

「敏可大姊好像懷孕了喔。」

莫格利姆呆若木雞，然後用雙手摀住嘴巴。

我連忙塞住兩隻耳朵。

「唔噢噢噢！」

曾聽人半開玩笑地說，矮人的狂吼聲足以把半獸人輕騎兵給嚇落馬。

聽到莫格利姆這聲狂吼讓我很能感同身受。的確，被這種宏亮嗓門嚇到落馬也是沒辦法的事。

＊　＊　＊

我把明天的準備工作交給莉特，自己則和莫格利姆一起去送藥。

莫格利姆的鍛造店裡有紐曼醫生和一個人類老婆婆。

這麼說來，我想起他昨天提過有客人要來一事，這位老婆婆應該就是那個客人吧。

「哦哦，雷德，你來了啊。」

「寫在紙條上的藥我都帶來了。」

「哈哈，其實沒那麼緊急啦，只不過莫格利姆說什麼都要我給敏可女士診斷。」

「敏可大姊情況如何？」

「只是貧血而已，也就昏迷了一下子，大概是這幾天操勞過度導致的吧。今後必須減少她的工作時間才行，不過母子都沒什麼異狀就是了。」

「果然有孩子了啊。」

「是啊，差不多三個月了吧。」

背後的莫格利姆似乎又想大叫，我趕緊摀住他的嘴。

「小心嚇到敏可大姊啦！」

莫格利姆瞪大眼睛點點頭之後……

「嗚嗚嗚。」

他壓低聲音，雙眼淚涔涔地哭了起來。

「俺還以為不可能會有孩子了。」

「這一定是愛的守護神丘禔大人為你們這對和睦恩愛的夫妻送上了祝福啊。」

老婆婆這麼說道，輕撫著莫格利姆的後背。

接著她看向我並露出微笑問：

「我們應該是初次見面沒錯吧？我到了這把年紀就變得有些健忘了呢。」

「是的，我們是初次見面沒錯。我叫做雷德，去年移居到佐爾丹，在平民區開了間藥草店。」

「你就是藥草店的雷德呀？我聽過很多你的傳聞，很高興見到你。」

老婆婆看著我的臉點點頭。

「如同傳聞很有男子氣概呢。啊，不用因為我上了年紀就對我畢恭畢敬的喔，我只是一個隱居起來的老太婆罷了。」

「好的。不過，到底是什麼樣的傳聞……呃。」

「唉呀，你都做完自我介紹了，我卻還沒報上自己的名字呢。」

我仔細打量這位老婆婆。

她看起來七十幾歲，雖然拄著枴杖，腰腿卻挺得很直。

五官依稀可見從前是個美女，即使現在臉上長了皺紋，那對黑眸依然煥發著光采。

她有一頭雪白的髮絲，身上的樸素長袍是用昂貴的銀蠶絲織成的，堅韌到旅行個幾十次也不會破損。

「我是米絲托慕，以前當過市長，請多指教。」

自稱米絲托慕的老婆婆將輕撫著莫格利姆後背的手伸向我。

我回握之後，發現她的手比想像中有力。

「米絲托慕婆婆……沒想到妳就是前市長米絲托慕大師。」

「在我面前就別用大師這種尊稱了啦。」

所謂的大師（Master），只有魔法師們組成的「魔法師公會」中立下奇功的成員才能獲得這個稱號。

據說米絲托慕當上佐爾丹魔法師公會的會長之後又被選為佐爾丹市長，順利做完任期便獲頒大師這個稱號。

「我只是做好眼前的工作而已。當公會長和市長的期間並沒有立下特殊功績，叫我米絲托慕大師實在愧不敢當。」

「既然如此，我就稱呼妳為米絲托慕婆婆吧。」

「可以啊，感覺輕鬆多了。」

我觀察米絲托慕的笑容，她看起來沒有任何言外之意。

足以擔當市長的政治家有時會用爽快的假象來推察對方的敬意；但米絲托慕是發自內心希望彼此處於對等的地位。

「請多指教，米絲托慕婆婆。那麼，我可以去和敏可大姊打個招呼嗎？」

「當然可以，敏可想必也會很開心。」

聽到她這麼說，莫格利姆當即蹦跳起來。

「敏可！」

他快腳衝向寢室。

粗魯的開門聲響起，那彷彿能響徹平民區的大嗓門緊接而來。

「謝謝妳，敏可！辛苦妳了！」

他這麼大喊道。

「辛苦的是你才對吧！」

敏可大姊豪爽地回了這句話。

接著傳入耳中的就是他們含淚互訴衷情的聲音。

「我還是晚點再去打招呼好了。」

「這樣確實比較好。」

我和米絲托慕婆婆互相這麼說道。

＊　＊　＊

後來，我和敏可大姊打完招呼就回家了。

敏可大姊似乎很不滿自己被當成病人對待，但莫格利姆說服她乖乖靜養，而且平時他都要捱敏可大姊一記踹才會發著牢騷做家事，現在倒是洗衣服和打掃都做得很勤快。

這代表他內心是真的格外欣喜吧。

「雖然莫格利姆怕老婆，但也很愛老婆呢。」

聽我談起莫格利姆的情況，莉特露出會心的微笑。

「他和敏可是從矮人的國家私奔過來的啊，當然有很深厚的感情，他一聽到有孩子還喜極而泣了呢。」

「真好呢，有孩子了。」

「我們也得加油才行……對吧？」

「嘿嘿嘿，嗯。」

莉特輕輕摟住我。

我溫柔地接住她，一邊感受她的溫暖一邊想像我們的未來。

那一定是個幸福的未來。

「雷德。」

「怎麼啦？」

「你現在的笑容我非常喜歡喲。」

說完，莉特開心地彎眼笑了笑。

我感覺到臉頰發燙，不過沒有加以掩飾，而是將額頭抵在她的額頭上回了個害羞的笑容。

「對、對了，明天的東西都準備好了嗎？要是還沒好的話，我們延到後天再出發也可以。」

「不要緊，我全都弄好了。」

「真不愧是莉特，謝謝妳。」

「畢竟雷德是專程為我展開這一趟冒險的嘛。嘿嘿嘿，我真的好高興。」

莫格利姆和敏可確實是一對恩愛的夫妻，但我們也不輸他們。

我在心裡這麼想著，同時用力抱緊莉特。

第二章 一起旅行的夥伴

次日──

窗外天色依然昏暗，愛睡懶覺的佐爾丹人應該有大半都還在夢鄉中吧。

不過，冬天太陽出來得晚，從時間上來說現在也沒有多早就是了。

「很好──！準備齊全了！」

莉特高舉雙手說道。

帳篷等大件行李都收在莉特的道具箱裡，馬上就用得到的提燈和怕道具箱被搶而預先備妥的數日份食物和水則由我帶著。

我們還從倉庫拿了一些藥，分別裝在彼此的腰包裡。

「那麼就出發吧。」

這時，門又被重重地敲響。

「雷德，是俺啦！抱歉一大早就過來，麻煩你開個門！」

「是莫格利姆啊，這次又是什麼事？」

矮人莫格利姆又來找我了。

今天本來沒有營業的打算，但如果敏可大姊需要什麼藥的話，我還是先把藥交給莫格利姆再出發比較好。

然而，我開門就看到穿著鎖子甲的莫格利姆站在那裡，他腰間佩帶矮人斧，還揹著龐大的行李。

看起來不像是單純來買藥的。

「你這身行頭是怎麼回事？一副要出遠門的模樣。」

「俺的想法跟你一樣，你也是一副要出遠門的行頭啊！但現在別管這個了。雷德！你借俺一些藥吧！」

「等一下，你先把事情講清楚啦。」

「好吧。其實俺接下來打算去一趟『世界盡頭之壁』。」

「怎麼又是那裡……你現在應該陪在敏可大姊身邊才對吧？」

莫格利姆臉色認真地看著我。

「俺老婆去年已經滿四十五歲，不再年輕了。雖然聽說和矮人生的混血兒體型比較小，容易順產……但你懂吧？」

「也對，紐曼醫生應該也不擅長接生，最好還是定期請助產師伊凡娜來做產檢。她有『治療術師（Healer）』的加護，助產師的經驗也很豐富，可以放心交給她才對。」

「說不定還得剖腹生孩子啊。」

「剖腹產嗎？雖然我不能不負責任地叫你別想太多……但就算要開刀，多花點錢就能請到會施展治療魔法的高手，失敗率沒有你想像得高啦。」

「俺也想盡自己的一份力啊。但俺沒魔法才能，還被加護嫌棄，而且也沒有能直接幫助到生產的技能。」

莫格利姆是平民區最好的鍛造師。不過，他的加護「符文鍛造師」的本領在於附魔，他卻對魔法不在行，總是做得很不順手。

只要能熟練運用魔法，憑他的技術成為名聲傳到王都的鍛造師都不足為奇……也因此他才自嘲是被加護嫌棄了。

莫格利姆充滿決心地握緊雙手，接著繼續說道：

「俺只擅長打鐵，所以想用地水晶（Earth Crystal）打造一把小刀。地水晶刀刃以鋒利聞名，足以讓人忘記身上有割開的傷口。就算要剖腹，也可以讓老婆的負擔降到最低。」

「地水晶啊？可是佐爾丹找不到那種稀有材料吧？」

「所以俺才要去『世界盡頭之壁』啊。地水晶對魔物來說也是很特別的寶石，牠們一定有在蒐集。」

「的確，『世界盡頭之壁』那裡住著寶石巨人，如果有產地水晶的話，他們應該會蒐集一些。」

「哦哦，果真有寶石巨人啊！這可真是打聽到了一條好消息。」

莫格利姆面露喜色一笑。他應該只知道那裡住著寶石巨人，至於他們住在哪裡、如何才能讓他們割愛稀有寶石則一概不曉得。

更何況……

「你出門前有跟敏可大姊講一聲嗎？」

「……當然有啊。」

「喂，看著我的眼睛回答。」

矮人不像人類和高等妖精一樣擅長撒謊，莫格利姆算是其中的典型吧。他的視線飄忽得很明顯。

「俺有跟她說要去拿小刀的材料啦！」

「去哪裡拿？」

「……山城茲卡黎亞。」

茲卡黎亞是位於佐爾丹境外西北方的城鎮，以煉鐵聞名。去茲卡黎亞的話，除了高品質的鐵礦石之外，還能買到紅鋼等稀有礦石。

但是，那裡可買不到地水晶。

「欸！你以為俺是誰啊！不如就來講講俺是怎麼對付那頭連軍國洛嘉維亞都差點栽掉的冰龍獸吧！」

我回頭看莉特，而她只是苦笑著搖搖頭。

莫格利姆似乎消滅過一頭連身為洛嘉維亞公國公主的莉特都沒聽過的龍。

看到莫格利姆氣急敗壞地跺腳說起那些虛無縹緲的英勇事蹟，我說了聲「好啦、好啦」安撫他的情緒。

「我有個提議，我和莉特現在就準備去一趟『世界盡頭之壁』。」

「啥？俺是有注意到你們都一身行裝啦。」

「呃……其實我們要去找寶石做戒指。」

莫格利姆目瞪口呆地來回看著我和莉特。

「雖然俺已經夠狂了，但你們更離譜吧！」

莫格利姆拍了一下手，身體誇張地往後仰。

「有夠扯！你們兩個在想啥！竟然為了做訂婚戒指而跑去『世界盡頭之壁』！」

「哎，反正就是這樣啦，你覺得如何？要不要和我們一起去？雖說我只有D級，不過還有英雄莉特在，就算真的遇到龍獸也不怕。」

「俺拿斧頭擔保！這就是所謂的及時雨啊！」

莫格利姆開心地用矮人那套浮誇的動作握了握我們的手。

「感謝兩位啦！」

「要謝等拿到地水晶再謝吧。不過莫格利姆，有些話我要先說在前頭。」

「什麼話？」

「假設真的見到寶石巨人好了，他們也不一定有地水晶；即使有，恐怕也不太可能讓給你。你還是先想好其他能夠代替的礦石比較好。」

我語氣嚴肅地對莫格利姆這麼說道。

寶石巨人擁有挖掘和寶石加工的技術，但不會用火，所以對他們而言，玻璃珠比人類眼中的銀幣還要有價值。運氣好的話，或許連鑽石都能換到也說不定。

然而，地水晶終究不是說換就能換到的寶石。

莫格利姆對這一點似乎也心知肚明。

「就算這樣，俺還是想為老婆拚盡一切努力啊。」

他垂下頭如此喃喃說道。

＊　＊　＊

我、莉特以及莫格利姆往城門附近的廣場走去。

「早啊，露緹，媞瑟。抱歉來晚了。」

「沒關係，為了哥哥等多久都可以。早安，哥哥、莉特……還有莫格利姆？」

「各位早安。莫格利姆先生看起來不是來送行的呢。」

揹著大背包的露緹和穿著常服的媞瑟正在廣場等我們。

憂憂先生好像還沒睡醒，搖搖欲墜地站在媞瑟的肩膀上。

「雖然很突然，不過莫格利姆也會跟我們同行。他要去找地水晶。」

「這樣啊。」

露緹的表情有點困惑，但莫格利姆應該看不出來就是了。

她也知道地水晶很難取得。

「原來如此，事情的經過就是這樣嗎？」

媞瑟從莉特那裡得知來龍去脈後，點頭這麼說道。

「恭喜莫格利姆先生。請你務必注意安全。我並不是懷疑矮人的勇敢，但你要記住一件事：回到敏可女士身邊和她一起見證健康小寶寶出生才是最高的榮耀。」

「好、好。雖然沒怎麼和妳說過話，不過沒想到人居然這麼好。」

「說『沒想到』也太失禮了。」

「媞瑟人非常好，是我引以為傲的朋友。」

媞瑟面無表情地生著氣，露緹則是面無表情地挺胸誇耀著自己的朋友。

莫格利姆儘管不知所措，大概還是明白這兩人比想像中還要好相處，便露出矮人只會在夥伴面前展現的笑容。

「對了，露緹。妳不用道具箱嗎？」

我看著露緹背上的大背包問道。

「嗯，和哥哥一樣。」

看來她是因為我現在沒有道具箱，便也仿效我這麼做。

我之所以沒有道具箱，其實只是以前用的給了艾瑞斯，後來也沒錢買新的而已。

不過，滿臉喜悅的露緹很可愛，她想怎樣就怎樣吧。

「所以呢，這次就我、莉特、露緹和莫格利姆四人出發吧。」

「「「好～」」」

「雖然明天開始就要吃保久食品了，不過今天的午餐是用新鮮的萵苣和番茄做成的三明治。」

「「好～」」

「呃，好？」

「那麼就出發嘍。」

雖然好像出現了些許混亂，但我們還是叫醒正在打盹的門衛，然後穿過了佐爾丹的城門。

「一路順風。」

在留下來的媞瑟以及她肩上揮著手的憂憂先生目送之下，我們在寒冬的草原中舉步而行。

＊　＊　＊

佐爾丹官道的地面都鋪著土，但往「世界盡頭之壁」的方向走沒多久就被未經整修的草原吞沒，變成「荒廢官道」。

走在直達膝下的草徑中，我們沿著官道不斷前進。

今天和風徐徐，空氣也很清新。

一抬起頭，便看到天上飄著大雲朵及跟在後面的小雲朵。

簡直就像親子一樣，我小聲笑了笑。

「哼哼～♪」

露緹邊走邊哼著歌。

她的大背包搖來晃去，偶爾會猛跳一下，大概是因為她躍過了小水漥吧。

「露緹心情很好嘛。」

聽到我這麼說，露緹點點頭。

「這是第一次。」

「什麼第一次？」

「第一次為了哥哥去冒險。所以我……」

露緹說到這裡頓了頓，像是在尋找措詞似的思忖一會兒後，放棄地搖了搖頭。

「開心到任何話語都不足以形容！」

聽她說得這麼雀躍，我不禁笑了出來。

「我也很開心能看到妳的笑容呀。」

「嗯！」

我伸出手，露緹便有點靦腆地握住我的手。

我們兄妹就這樣牽著手在草原中走了一陣子。

大概走了三個小時左右吧。

「等一下。」

走在前頭的莉特用左手示意我們停下，右手則按在曲劍的劍柄上。

「唔，好像有哥布林啊！」

莫格利姆舉起斧頭。

露緹右手早已握住劍身有洞孔的哥布林大劍，我也拔出銅劍。

「右邊四隻，左邊一隻吧。」

看樣子有五隻哥布林潛伏在草叢裡。

應該是專門搶劫旅人的食物和金錢等貴重物品的哥布林部族掠奪隊吧。

草叢沙沙晃動的瞬間，標槍接二連三地朝我們飛來。

同時間莉特飛奔出去，鑽過標槍間的空隙後衝進草叢，三兩下就擊殺兩隻哥布林。

莫格利姆則掄起最自傲的斧頭砍倒從草叢驚慌逃出的哥布林。

左邊那隻哥布林似乎是「妖術師（Sorcerer）」，正試圖施展火箭術。

眼看「妖術師」哥布林就要結印施展魔法，我立即舉劍刺穿牠。魔法停在即將發動的狀態，化為一束小小火苗爆炸消散。

剩餘最後一隻哥布林可能是覺得揹著大背包的露緹動作會很遲鈍，怪叫著舉起長槍襲擊她。

「咕噫？」

露緹只是放鬆地站在原地，隨手一甩似的揮出了劍。但光是這樣，便把哥布林連同身上的鎧甲砍成兩半。

「哇噢噢，真是太鋒利了！這魔法之劍究竟是啥來頭啊？」

見到露緹這一擊，莫格利姆感到相當興奮。

……為了矮人的面子著想，還是不要說出露緹拿的只是一把沒有附加魔法的哥布林大劍好了。

「好像沒有其他哥布林了。」

「嗯，就這幾隻而已。好像也沒有在遠處監視的哥布林。」

牠們是一時興起才在官道埋伏的吧。

官道另一側常有人經過，要是在那邊埋伏一定早就被冒險者消滅了，但通往「世界盡頭之壁」的路幾乎沒人。

大概就是這樣才成功伏擊到我們。

「嗯？莫格利姆你怎麼了？」

我不經意瞥見莫格利姆正臉色嚴肅地端詳哥布林的長槍。

長槍很樸素，看起來很久沒有保養過。

「雖然是滿久以前的事了，不過這是俺鍛造的長槍啊。」

「……是嗎？」

莫格利姆把長槍放在地上，輕聲唸誦幾句祈禱詞。

這把長槍的原主已經命喪在哥布林手下了。

「好啦，再走一會兒就吃飯吧，肚子裡的饞蟲告訴俺現在是中午了。」

「哈哈！也是，就這麼辦吧。」

莫格利姆露出白牙一笑，撿起長槍綁在背後，一馬當先地走了起來。

這個世界無處不是戰鬥。

然而，如果總是帶著痛苦、傷心的表情生活就太悲哀了。

縱使才剛結束戰鬥後不久，我們依然在草原上席地而坐，有說有笑地享用豐富多彩的三明治。

無論這世界是什麼模樣，唯獨不變的是與值得信賴的夥伴歡笑共度的時光。

＊　＊　＊

「吉迪恩就在這裡……」

亞蘭朵菈菈望著雷德&莉特藥草店的招牌喃喃說道。
她的側臉夾雜著期待與不安，隱隱含憂的模樣美得令人屏息。
不過，那是一種讓人不敢接近碰觸的美。
「呃，可是他們出門了喔。」
彷彿早已看膩亞蘭朵菈菈的美貌一般，戈德溫指著掛在門上的臨時店休牌子，用毫無幹勁的語調這麼說道。
「店裡也不像有人的樣子，該不會是偷懶跑去約會了吧？」
亞蘭朵菈菈瞪了一眼戈德溫，然後用手指輕輕觸碰那扇門。
憑她的能力要撬開這種門簡直輕而易舉，但她終究依依不捨地放開手。
「你知道他們會去哪裡嗎？」
「我最好會知道啦。」
「是嗎？那你知道衛兵駐地在哪裡嗎？」
「慢、慢著，我這就想想。」
嘴上這麼說，實際上戈德溫和雷德等人並沒有多熟。
但他都已經為了讓亞蘭朵菈菈放自己走而聲稱彼此是朋友，事到如今……他也無法坦露實情。

（要是說出來的話，她真的會把我扭送到衛兵那裡。）

就目前來看，亞蘭朵莅莅似乎是雷德的朋友。

儘管她推測出自稱雷德朋友的戈德溫是個罪犯，但大概不會把他交給衛兵。

戈德溫若是想平安逃出佐爾丹，只能讓亞蘭朵莅莅和雷德見到面。

「先去莉特搬到這間店之前的住處看看如何？」

「也行，你帶路吧。」

戈德溫往莉特以前住的中央區房子走去。

（我是不覺得那兩人會在莉特的房子裡啦。不過先拖延一下時間，總會等到雷德他們回來吧。）

戈德溫暗自打著這個算盤，微妙地繞著遠路前進。

……這就是他倒楣的開始。

當他們走在中央區的石板路上時——

「亞蘭朵莅莅小姐！」

道路對面傳來呼喚亞蘭朵莅莅的聲音。

「噫！」

戈德溫感覺背上流著冷汗。

跑過來的是和亞蘭朵菈菈一起來到佐爾丹的商人。

「亞蘭朵菈菈小姐！這傢伙雖然長相和聲音改變了，但果真是戈德溫啊！我剛才跟衛兵確認過了，聽說戈德溫逃獄後下落不明。」

「你、你認錯人了吧？」

戈德溫露出討好的笑容，試圖強調自己是人畜無害的普通人；不過商人那張圓臉漲得通紅，一手指向戈德溫。

「這種混帳笑法絕對是戈德溫沒錯！這傢伙曾經假借見習的名義混進我的店裡偷錢！害我不得不關門歇業！當時這傢伙也給我擺出了這種笑容！」

面對商人的痛斥，戈德溫逐漸著急起來。

戈德溫那時候還是盜賊公會的基層，因此當然幹過這種下賤勾當。

「因果報應」這種不存在他字典裡的詞彙從腦海一掠而過。

當戈德溫僵著臉思索該怎麼推託時，一旁的亞蘭朵菈菈用鄙視的眼神瞪著他，卻又嘆口氣轉身面對那名商人。

「他似乎是英雄莉特和雷德的朋友，會不會是你認錯人了呢？」

聽到亞蘭朵菈菈這麼說，商人嚷嚷著「絕不可能」。

「這傢伙指使惡魔意圖奪走英雄莉特的性命，還去接近她安置的一個叫做艾爾的小男孩，然後背信地把人擄走，根本就是個窮凶惡極之人！這種卑鄙小人不可能會是英雄莉特的朋友啦！」

此時，氣氛一變。

佐爾丹居民都未曾體會過這等肅殺之氣。

亞蘭朵菈菈發出咬牙切齒的聲音，握著四分棍的右手用力到發白。

（慘、慘了！剛才那番話好像碰到了她的逆鱗啊！）

不遜於英雄莉特，甚至凌駕其上的大英雄迸發出真正的怒氣與殺意。

貼在戈德溫臉上的黃色假面脫落下來，露出他原本的面貌。

「你也背叛了他嗎？」

「沒、沒有啦，妳誤會了！那、那時候我的確和雷德他們是敵對關係，但後來都和解了啊……！」

石板扭曲、隆起，然後碎裂。

這種彷彿花上幾百年形成的植物侵蝕現象在一瞬間發生的破壞力。

亞蘭朵菈菈腳邊鑽出巨大的綠色怪物。

在無數蠕動的藤蔓中間，綻放著一朵宛如烈火的巨大紅花。

「古代花大精靈！」

戈德溫近乎尖叫地喊出那隻怪物的名字。

這是連等級頗高的「鍊金術師」戈德溫也沒見過的特殊精靈獸。

「我要帶走他，再也不讓他遭到任何人的背叛。」

長滿無數凶惡尖刺的藤蔓高高揚起，準備痛毆戈德溫。

要是被那種東西打到，戈德溫的身體大概會變得七零八碎。

雖然不知道亞蘭朵菈菈究竟因何動怒至此，但戈德溫還是意會過來自己陷入了生死一線的危機。

他看向周遭尋求協助，然而剛才痛斥他的商人自不必說，中央區的居民也自顧自地逃離現場，根本理都不理他。

（倒也不意外就是了。）

戈德溫是惡徒，那些和他有利害關係的惡徒同夥也在畢格霍克塒臺後一哄而散。

不可能會有人願意為了救他而挺身對抗可怕的花妖。

（早明白惡徒的下場就是這樣，然而真的死到臨頭卻還是孤身一人實在淒涼啊。）

思緒逐漸麻痺的戈德溫這麼想著，只是他的身體依舊踉踉蹌蹌地試圖從高舉的藤蔓下逃走。

這時，耳邊傳來馬的嘶鳴聲。

某種看不見的東西拉住了戈德溫的身體。

一匹披著馬鞍的栗毛馬衝到即將倒地的戈德溫旁邊。

他反射性地緊抓住馬。

被戈德溫抓住的馬並沒有掙扎，直接從綠色怪物側邊衝過去。

藤蔓向他們發動攻擊，馬卻像是有熟練的騎手在控制一般，忽左忽右地閃掉藤蔓，不斷往前逃去。

「這到底是怎麼回事？」

馬背上並沒有人。

「啊！」

戈德溫這才注意到站在馬頭上的小小身影。

「你是那時候的蜘蛛！」

只見憂憂先生站在馬頭上，正忙碌地用八隻腳踏著腳步。

給這匹馬下達指令的就是憂憂先生。

憂憂先生回頭瞥了戈德溫一眼，打招呼似的舉起右前腳。

「為、為什麼要救我？」

戈德溫試圖用混亂的腦袋釐清狀況。

但不管怎麼想，事實都只有一個。

（這隻小蜘蛛救了我。）

雖然可能是受到飼主媞瑟的命令，不過這樣還不如媞瑟親自出馬救人更實在，而且媞瑟也沒道理要救戈德溫。

「蜘蛛啊，你為什麼要救我？」

明知不可能得到回答，戈德溫還是問了憂憂先生這個問題。

憂憂先生背對著戈德溫歪了歪頭，像是不懂戈德溫為何要提這種問題，然後猛然揚起前腳。

縱使語言不通，戈德溫依然明白了憂憂先生的想法。

（我是並肩作戰過的朋友，朋友有難出手相助是理所當然的事？）

戈德溫是曾經為盜賊公會效命的惡徒。

然而，對於不會把事情想得太複雜的憂憂先生而言，那種事根本沒關係。

「你……」

不過是一隻小蜘蛛的心血來潮而已。

儘管這麼想，戈德溫看著這隻小蜘蛛的背影，發現自己內心湧起一股暖流。

「抱歉，謝謝你了。」

當然，蜘蛛並沒有表情。

不過戈德溫覺得瞥眼過來的憂憂先生正在笑。

（好久沒有像這樣坦率言謝了啊。）

不知不覺間，戈德溫的嘴邊浮現溫和的笑意。

正當一隻小蜘蛛和一個惡徒鍊金術師即將萌生友誼之際，綠色怪物忽然將藤蔓刺進地面。

亞蘭朵菈菈碰觸綠色怪物的花，閉眼唸出咒文。

「沉眠於大地的瑪那之子啊。聽從吾之呼喚甦醒吧，荊棘捆縛！」

亞蘭朵菈菈詠唱這段咒文之後，魔力流竄過大地。

戈德溫他們前方的道路碎裂，好幾條荊棘襲擊而來打算抓住他們。

「給我一點蜘蛛絲！」

戈德溫喊道。

接過憂憂先生的蜘蛛絲後，戈德溫將幾根馬鬃毛、一把土以及幾滴自己的血放在手掌上混合起來。

「技能：即行鍊金術！上級鍊金：收縮網！」

戈德溫猛然把完成的糊狀物扔出去。

糊狀物在空中化為一張大網，蓋住了擋路的荊棘。

下一瞬間，大網迅速收縮，將荊棘捆成了一團。

「趁現在！」

憂憂先生連連踏腳，馬便領會似的從凶惡的荊棘尖刺之間衝了過去。

「咻～！太猛了，這匹馬也是你的朋友嗎？」

憂憂先生用搖擺身體來回答戈德溫的問題。

馬也「噗嚕」地叫了一聲，似乎在表示肯定。

儘管戈德溫對腦中一閃而逝的念頭感到可笑至極……但他知道自己還是想和牠們成為朋友。

（我終於也開始老糊塗了啊……）

戈德溫泛起苦笑，只是苦笑立刻轉變為與他不相襯的爽朗笑容。他心想，就這樣下去是逃得掉的。

他們現在和亞蘭朵菈菈拉開了足夠的距離，植物精靈的缺點在於行進速度緩慢。

再加上身為憂憂先生朋友的這匹馬不僅強健有力，腳程也極快，讓人好奇這種名駒之前究竟藏在佐爾丹的哪個地方。

就這樣穿過中央區廣場的話，來往的行人就會變多，沒辦法展開太激烈的戰鬥。

戈德溫如此作想。

他轉頭看背後，發現亞蘭朵菈菈抓著藤蔓擺出某種架式。

她口中喃喃唸著什麼。

「發射！」

然後飛了過來。

「那、那個傢伙！竟然拿古代花大精靈當投石機把自己射過來！」

劃出一道拋物線，亞蘭朵菈菈頃刻間就超越了戈德溫他們。

在摔落地面前，她結印發動魔法。

「偉大的太古森林之王！萬物之源瑪那的支配者！」

佐爾丹貴族等上流階級用來休閒放鬆的廣場發生龜裂。

廣場裡約莫有十個佐爾丹人，一看到下方鑽出的身影紛紛嚇得驚慌竄逃。

「混、混帳東西！竟然在這裡召喚那種龐然大物……！」

戈德溫尖聲喊道。

不過亞蘭朵菈菈並未停手。

巨木大精靈一邊破壞著廣場，一邊緩緩站了起來。

仔細一看，來不及逃走的人都被觸手抓到安全的地方以防受傷，但高手如亞蘭朵菈菈理應可以採取不破壞公共場所的方式來戰鬥。

戈德溫感到困惑，因為這並不像英雄所為；然而看到亞蘭朵菈菈的表情他便發現了一件事。

「那傢伙是氣到失去理智了嗎？」

戈德溫感覺到一股惡寒。

那樣的英雄竟然會對他這種下三濫的惡徒氣到失去理智，究竟何以致此？

被召喚到廣場上的是巨木大精靈。

戈德溫當然從未見過，頂多就聽過名字而已。

不過他知道，巨木大精靈只要有心的話，要摧毀佐爾丹整座城市也非難事。

「咱們快逃啊！」

對上它毫無勝算。戈德溫他們當機立斷就要逃走。

但巨大的觸手揮落而下。那是和道路差不多寬的粗厚觸手。

「唔噢噢噢！」

即使是這匹無名的名駒也閃避不及，被打飛了出去。

戈德溫和憂憂先生也摔倒在地上。

「痛痛痛！都沒事吧？」

「噗嚕嚕……」

戈德溫搖搖晃晃地站起來後，看見馬的腳受傷了。

馬這下沒辦法再跑了。

接下來只能靠自己的雙腿了，戈德溫尋找著憂憂先生。

「你、你在幹什麼啊？」

他看到那隻小蜘蛛舉高雙臂擋在宛如參天大樹般雄偉的大精靈面前。

理由？

就算是戈德溫也馬上就想到了。

因為這裡還有逃不走的朋友。

憂憂先生回頭看戈德溫。

「我、我……」

戈德溫不禁往後退去，顫抖的雙腳讓他窘迫難堪。

憂憂先生搖動前腳。

見狀，倒在地上的馬也和緩地嘶鳴了一聲。

「是、是要我逃嗎？」

一大一小看起來像是在點頭。

某種東西從戈德溫的內心一掃而空。

他用拳頭敲打發顫的雙腳，撿起幾個掉在地上的東西。

「玻璃碎片、泥巴、昆蟲翅膀……不夠的水就用我的血和土來製作，即行鍊金術發動！中級鍊金術硬化結晶！」

戈德溫把掌心上形成的液體用力灑出去。

只見液體在空中硬化，變成像是鋸齒狀細劍的結晶。這是速成鍊金武器。

戈德溫用右手握著做好的劍站在憂憂先生旁邊。

「再撐一下啊，馬兒。我是鍊金術專家，待會兒就做藥給你治療傷口。」

幫助馬和蜘蛛有什麼好處？

牠們又不是美女或富豪，他也沒有接到哪位大人物的命令。

「總覺得神清氣爽多了。」

戈德溫露齒一笑舉起劍。

憂憂先生開心地跳起來，在戈德溫的肩膀上落定。

「來吧，大精靈（怪物）！本大爺戈德溫可是佐爾丹最強的鍊金術師！」

巨木大精靈揚起好幾條觸手，準備朝戈德溫和憂憂先生揮下去。

「唔噢噢噢噢噢噢！」

戈德溫大吼著揮起劍……

「慢著，你絕對打不贏這傢伙的，還是快逃吧。」

一個嬌小的人影躍到揮落的觸手面前。

「不過，我對你刮目相看了。」

揮落的觸手登時四分五裂。

「媞瑟！」

少女……媞瑟單手拿著短劍，一揮就斬斷數條堪比大樹的觸手，然後看向戈德溫與他肩上的憂憂先生，眼神變得溫和了一些。

她用左手扔出一個袋子。

戈德溫接住袋子後，一摸便知道裡面裝了什麼。

「這是鍊金術套組！太感謝了！」

「用那個帶馬一起逃吧。」

「那妳怎麼辦！」

媞瑟沒回答，而是舉起了左手。

憂憂先生從戈德溫肩上躍起，落在媞瑟的左手上。

「雖然我不曉得到底發生了什麼事，但如果有人要在佐爾丹作亂，身為這座城市的冒險者就必須阻止才行。」

「對了！露露小姐去哪裡了！還有莉特和雷德也是！」

「大家今天都離開佐爾丹了，只有我留下來。」

媞瑟躲掉橫掃過來的觸手，接著縱身一躍。

無數觸手紛紛襲向空中的媞瑟；然而媞瑟伸出左手，觸手就像是遭到拉扯似的偏離軌道。

「不錯，周圍有很多高大的障礙物，也到處都是藏匿地點。這種地方正適合我發揮本領呢。」

媞瑟正在用左手操控憂憂先生的蜘蛛絲。蜘蛛絲黏在廣場四周的建築物上，讓媞瑟隨心所欲地在空中飛來飛去。

媞瑟和憂憂先生不斷閃躲著巨木大精靈的攻擊，接連斬落觸手，並逐漸逼近亞蘭朵菈菈。

戈德溫一邊餵受傷的馬喝下鍊金術做成的藥，一邊關注著媞瑟和亞蘭朵菈菈交戰的情況。

「該死，該怎麼辦才好？」

倘若能讓亞蘭朵菈菈冷靜一點，應該就能把媞瑟和雷德是好朋友的事情告訴她。

不過，戈德溫並不知道該如何讓她冷靜。

「等一下，亞蘭朵菈菈！妳聽我說！現在和妳戰鬥的媞瑟是雷德的朋友啊！」

戈德溫大喊著，但他的聲音沒有傳到操縱巨木大精靈戰鬥的亞蘭朵菈菈耳中。

媞瑟與憂憂先生總在千鈞一髮之際閃掉巨木大精靈從四面八方發動的攻勢，戈德溫為他們捏把冷汗，同時拚命思考著對策。

然而，他實在不覺得自己有辦法插手這場戰鬥。

戈德溫瀕臨灰心喪志的邊緣，好不容易萌生的勇氣似乎也慢慢喪失了。

「這真是鬧了個天翻地覆啊。」

一道嗓音傳來。

他回頭一看便發現一名拄枴杖的老嫗正嘆著氣抬頭看媞瑟與亞蘭朵菈菈的戰鬥。

「米、米絲托慕大師！」

「哎呀，戈德溫小弟。你還在當小混混啊？你是個好孩子，我不是一直勸你回頭是岸嗎？」

「現在不是說這個的時候啦！您快想辦法阻止她們吧！」

米絲托慕大師用手抵著下巴沉吟一句。

「先把你知道的事情都告訴我吧。」

＊　＊　＊

（人類！人類！）

高等妖精不會無緣無故生氣，但喜怒哀樂分明，一生氣就會非常火爆。

而且高等妖精很重視信賴關係，認為背信是十惡不赦的罪行。

對亞蘭朵菈菈而言，吉迪恩離開一事，以及夥伴們放棄尋找離開的吉迪恩一事，她無法理解，也無法饒恕。

因此她退出拯救世界的旅行。對她而言，眾人對吉迪恩的背叛，比拯救世界還要更加嚴重。

後來她去了趟洛嘉維亞公國。

若論起受傷的吉迪恩會去什麼地方，她覺得一定是有莉特在的地方。

然而吉迪恩不在那裡。

甚至連莉特也不在。

莉特挺身為祖國應戰，即使受傷依然奮戰到底，不惜與吉迪恩分別也要留下來傾力協助祖國復興，最後卻以會妨礙皇太子繼承王位為由出走故鄉。

亞蘭朵菈菈受到重大打擊，絕望淹沒了她。

她深愛著的兩個人，竟都遭到他們一直保護的人們背叛，沒有得到任何回報，就這樣成了孤身一人。

在那之後，亞蘭朵菈菈循著莉特的足跡持續旅行。

每當聽到莉特依然獨自旅行的傳聞，她便感到悲痛欲絕。

儘管如此，當她從戈德溫口中得知莉特身邊有個人很像吉迪恩時，欣喜湧上了她的心頭。

一想到終於能見到他們倆，亞蘭朵菈菈滿是傷痕的內心燃起最後的希望。

結果卻沒找到他們。而且以朋友自稱的男人還曾經是意圖奪取他們性命的敵人。

為何他們非得遭遇這種事情不可？

為何每個人類都要傷害他們？

即使男人拚命辯解，亞蘭朵菈菈也已經聽不進去。

她要消滅摯友們的敵人，帶他們去高等妖精的國家祈萊明，讓他們再也不會遭到任何人背叛。

在凶暴的怒火與感情的驅使下，亞蘭朵菈菈停止不了攻擊。

「擊落她！」

無數觸手襲向在空中飛舞的媞瑟，她則用憂憂先生的蜘蛛絲和短劍妙技接二連三地避開攻勢。

媞瑟幾度降落在亞蘭朵菈菈的旁邊，但她無法欺近擅使四分棍攻擊的亞蘭朵菈菈。

正當戰況看似還無法停息之際——

「極地之風啊，奪命寒氣啊！冰雪風暴！」

猛烈的寒氣朝巨木大精靈席捲而來，用冰束縛住它的身體。

「誰？」

亞蘭朵菈菈以盛怒的冰冷眼眸看向魔力奔流的源頭。

那裡站著一名舉著法杖的老嫗。

「真是的，竟然把我們的城市搞得一團亂。」

「妳是之前那個老婆婆！」

媞瑟喊道。

「媞瑟小妹，真沒想到妳身手這麼厲害啊。」

「我也沒想到米絲托慕婆婆會施展這麼強的魔法呀。」

「啊哈哈！我們能了解彼此真是太好了。那麼，這位高等妖精小姑娘，妳的腦袋稍微冷靜下來了嗎？」

米絲托慕向亞蘭朵菈菈問道。

「我可不想被年紀不及我一半的人類喊小姑娘啊。」

巨木大精靈震動起來，束縛住身體的冰出現無數裂痕。

「我倒希望自己不管幾歲，別人都能喊我小姑娘呢……單憑我的魔法還沒辦法阻止妳嗎！」

「不過，我和米絲托慕婆婆聯手的話，妳也會陷入苦戰吧？」

聽到媞瑟這麼說，亞蘭朵菈菈仍舊不退縮，打算力戰到底。

「亞蘭朵菈菈！聽我說！我們是雷德和莉特的朋友！」

「我才不相信人類的花言巧語！」

亞蘭朵菈菈喊道。米絲托慕這句話還是沒讓她的內心出現動搖。

然而媞瑟一聽到是亞蘭朵菈菈，便驚得停下了動作。

（亞蘭朵菈菈！難道她就是露緹大人的前隊友亞蘭朵菈菈小姐嗎！）

原來是她，怪不得這麼強。

「不信的話，妳直接去問雷德和莉特啦！」

「直接？他們人在哪裡！」

「啊，這個問題我可以回答妳。」

「妳知道？」

「啊，呃……我是他們的朋友。」

媞瑟隱瞞自己曾是勇者隊伍的成員。

雖然她和露緹一樣沒什麼表情，但推測他人心情對她來說不是難事。

媞瑟加入勇者隊伍是為了取代雷德，也就是吉迪恩的位置；若是把這件事告訴亞蘭朵菈菈，她怕會再次引發戰端。

媞瑟是一名懂得察言觀色的殺手。

「妳說啊，他們兩人在哪裡？」

亞蘭朵菈菈問道，眼神銳利地盯著媞瑟。

「他們今天早上出發去『世界盡頭之壁』了。」

「去『世界盡頭之壁』？從這裡沒辦法翻山越嶺到東方去吧？」

「不……雷德先生，應該就是妳描述的那個人，去那裡是為了找寶石做成戒指送給莉特小姐。」

媞瑟觀察亞蘭朵菈菈的表情，斟酌著用詞答道。

究竟亞蘭朵菈菈是不是……

「吉迪恩要送莉特戒指？」

亞蘭朵菈菈說出雷德的本名讓媞瑟一陣驚慌，所幸亞蘭朵菈菈的喃喃自語很小聲，大概只有聽覺敏銳的媞瑟聽得到。

「妳說的是實話吧？」

「是的。」

巨木大精靈身上的冰層裂痕一舉擴大。

破冰而出的它在咆哮大吼之後，便化為白色的瑪那花瓣消失了。

伴隨著花瓣漩渦的簇擁，亞蘭朵菈菈緩緩降落至地面。

看到巨木大精靈消失，媞瑟也終於回到地上。

亞蘭朵菈菈似乎仍在提防再次上當的可能性……但那股足以燒到失去理智的怒火看起來是平息下來了。

「呼……」

媞瑟擦掉額上汗水，把劍收起來。

憂憂先生也一副累壞的模樣，爬進媞瑟的口袋後便蜷縮著八肢休息。

「「「哇噢噢噢噢！」」」

周圍掀起歡欣鼓舞的聲音。

媞瑟嚇了一跳，看到躲在廣場外面的佐爾丹居民紛紛朝她聚集過來。

「太感謝妳了！真是一場精采的戰鬥！」

「英雄莉特引退後，亞爾貝先生和畢伊先生也相繼離開，我們都在擔心這裡的未來，不過有媞瑟小姐這樣的大英雄在就能放心了呢！」

「日後請妳一定要來我家用餐！」

「我們家下次可以推出媞瑟版的饅頭嗎？」

「大姊姊好像天使喔！」

明明搞破壞的元凶亞蘭朵菈菈還好端端地站在旁邊，但佐爾丹居民生性就是比較粗神經，大家都忍不住稱讚起剛才在眼前大顯身手的英雄媞瑟。

身為殺手的媞瑟沒有遇過民眾你一言我一語讚賞自己的盛況，她表情未變，心下卻不知所措；儘管沒有表現在臉上，但她現在其實害羞得要命。

「話說回來，妳這一鬧可真是驚天動地啊。」

米絲托慕一臉無言地朝呆立在原地的亞蘭朵菈菈說道。

縱使巨木大精靈消失了，廣場依舊是一片殘破不堪的景象。

地面碎裂，周圍的建築物也從地基開始傾斜。

看來是免不了要大規模整修了。

「……我很抱歉。」

亞蘭朵菈菈到現在還是不信任人類，但她似乎也知道自己做得太過火了。

「算了，事已至此也沒辦法。幸好沒有人受傷，妳也一直都在小心避免牽連到無辜的人吧？」

說完，米絲托慕笑了笑。

然而，不可能所有佐爾丹人見到這種慘況都笑得出來，這是媞瑟所擔心的一點。

果不其然，只見一名留著八字鬍、穿著體面的半老男性走向亞蘭朵菈菈。

「這位高等妖精，我不清楚詳細情況，可否請妳解釋一下，妳有何權利破壞我們的城市？」

亞蘭朵菈菈朝戈德溫瞥了一眼。

戈德溫正偷偷摸摸地試圖遮著臉逃出聚集的人潮。

看到那匹馬像是在當掩護似的緊挨著他走，亞蘭朵菈菈輕輕一笑，然後轉向那名詢問的男性答道：

「我正在找人。但我誤以為帶路的那個人騙了我，於是不小心就失控了。」

「啥？理由就這樣？」

「對，就這樣。」

「荒唐！就為了這種理由鬧成這副德性……」

男性環視戰鬥後一片狼藉的周遭，看向亞蘭朵菈菈的眼神活像在看魔物。

亞蘭朵菈菈拿出一個小袋子交給男性。

「很抱歉我因為私事給無辜的你們添這麼大的麻煩。我不奢望道歉就能得到原諒，但至少讓我做點補償吧。」

「哼，拿這麼一個小袋子就想補償，即使是金幣也裝不到十枚……這是！」

男性太過震驚，那斯文的口吻在最後走了調，變得又高又尖。

見到男性的反應，佐爾丹居民好奇地圍過來一看，從袋子空隙透出的光輝讓他們歪頭不解。

「我還在想男爵大人是看到什麼嚇了一跳，這不就只是裝了幾枚銀幣嗎？」

「不過大小和佩利銀幣不一樣耶，顏色也有點不同。」

「沒、沒見識！這可是妖精硬幣！一枚價值一萬佩利啊！」

「一、一萬佩利！呃，如果值一萬佩利的話，那是幾枚佩利銀幣來著……」

「當然是一萬枚佩利銀幣啊！而且足足有七枚！七萬佩利用來重建佐爾丹議會也綽綽有餘啊！」

「噫噫噫！」

「太多了吧！妳真的打算全都給我們嗎！」

亞蘭朵菈菈點頭後，佐爾丹居民開始在殘破的廣場上鬧哄哄地嚷嚷：「用這筆錢舉辦一場盛大的慶典吧！」

似乎沒有人在生亞蘭朵菈菈的氣了。

眾人就這樣輕輕放下讓亞蘭朵菈菈非常困惑，她本來已經做好被逮捕時必須逃走的最壞打算。

「真是一群令人傷腦筋的孩子啊。」

看到媞瑟與半老男爵被大家拋起來歡呼，米絲托慕不禁笑了。

「不過，這裡的居民就是這副模樣，事情結束後就不會繼續鑽牛角尖。」

「可是廣場還沒有修好啊。」

「大家都習慣了啦！佐爾丹這裡是暴風雨的必經之地，每年都有建築物毀損、農作物報廢，弄得災情慘重。但就算怨恨暴風雨，暴風雨也不會管地上人們的死活不是嗎？所以東西壞了就壞了，再重建就行了。在佐爾丹人的思維中，與其悲傷憂愁，不如樂天地看待生活，否則吃虧的可是自己。」

「我是暴風雨嗎？」

「很類似吧。要是妳拿出真本事作亂，我們無論如何都攔不住。所以恨妳和恨暴風雨是同樣的道理。」

「…………」

亞蘭朵菈菈一語不發地注視著喧鬧的人們。

米絲托慕發現亞蘭朵菈菈身上再無一絲怒氣，便「呼～」地長舒一口氣。這時，被拋起來的媞瑟對她們兩人喊道：

「妳們要在那裡一問一答是沒關係，但差不多可以來救我了吧？」

「哎呀。」

媞瑟已經不再害羞，只對於永無止境被拋上天的狀況感到困擾不已。米絲托慕聽到她的求救，便笑著往居民們走了過去。

＊　＊　＊

「好啦。」

離開廣場後，媞瑟、憂憂先生、亞蘭朵菈菈、米絲托慕以及戈德溫，來到了一間小餐館。

「總之先吃飯吧。這裡可是我的愛店呢。」

說完，米絲托慕開始享用端上桌的大份肉醬麵。

「比起吃飯，我更想快點去找吉迪……」

「去找雷德先生對吧？」

媞瑟連忙打斷亞蘭朵菈菈。

亞蘭朵菈菈眸光銳利地瞪了媞瑟一眼，但媞瑟也瞪回去要她看場合說話，只不過還是面無表情。

「妳說雷德和莉特在『世界盡頭之壁』沒錯吧？」

「是的。」

「原因是雷德要送莉特戒指。」

「是的。」

「哦？那個遜咖雷德很有一套嘛。」

戈德溫插嘴這麼說道，但遭到亞蘭朵菈菈瞪視便趕忙垂下視線。

「……太好了。」

亞蘭朵菈菈這聲低喃沒有逃過媞瑟的耳力。

媞瑟並不認識亞蘭朵菈菈。

當她與露緹等人會合的時候，亞蘭朵菈菈早已離開隊伍。

雖然聽過許多傳聞，但實際見面後，媞瑟覺得這位女性又給人另一種印象。

「所以……」

米絲托慕三兩下就把大份肉醬麵清掉一半，然後對還沒有開動的其他三人——只有憂憂先生抓到被肉醬麵香味吸引來的小飛蟲正在大快朵頤——用喝斥似的口吻說道：

「我們接下來不就是要去追莉特他們嗎？當天來回是不可能的，得趁現在填飽肚子才行。」

「我們？」

亞蘭朵菈菈疑惑地反問道。

「妳想見莉特和雷德，媞瑟必須幫妳帶路，我則是有事找和莉特他們一起的莫格利姆，至於戈德溫小弟……」

「咦？我也要去？」

「……就當是跟班吧。」

「還跟班咧。」

「我知道你是好孩子，不要一直頂嘴。我自有打算，你安安靜靜跟著就對了。」

「什麼好孩子啦，我可是在盜賊公會爬到了還滿高的地位耶。真是的，從以前就說不過米絲托慕大師。」

令人意外的是，戈德溫老實聽從了米絲托慕的安排。

媞瑟對戈德溫的態度有些驚訝的同時，向米絲托慕問道：

「我幫亞蘭朵菈菈小姐帶路是沒問題，但米絲托慕婆婆為什麼要找莫格利姆呢？」

「是敏可……莫格利姆的太太拜託我的。她說那傢伙八成會跑去『世界盡頭之壁』，因此希望我能幫幫他。」

「喔，莫格利姆先生說要找地水晶，和莉特小姐他們一起走了。」

「我就是沒料到這一點呀。原以為他一定會找一群冒險者去，沒想到竟然是跟莉特和雷德一起走了。我本來要去冒險者公會逮人，但從敏可那裡得知事情的時候，他早就已經離開佐爾丹了，這才十萬火急地準備跟上去。只不過又被廣場那陣騷亂拖到時間就是了。」

「對不起啦。」

「我也因此找齊了旅行的夥伴，這件事就算了吧。」

說完，米絲托慕繼續吃麵。

「說旅行的夥伴是不是誇張了點？莉特小姐他們是今天一早出發的。現在是中午，騎馬或走龍的話，應該明天傍晚或晚上就能追上他們了吧？」

聽到媞瑟這麼說，米絲托慕笑答：

「旅行就是旅行，沒有分長短的。」

「說得沒錯，旅行就是旅行。」

亞蘭朵菈菈點點頭，舉止優雅地吃起麵。

「是說怎樣都好，別把我送上處刑臺就行了。而且就算要死，我也要吃完這盤美味的麵再死。」

戈德溫也狼吞虎嚥地吃了起來。

「那妳不吃嗎？」

「我要吃。」

媞瑟為露緹的事、雷德的真實身分以及其他種種問題感到煩惱，但又覺得雷德一定有辦法處理便決定不再想，將注意力集中在眼前這道肉醬麵上。

「真好吃。」

「我就說吧？」

肉醬麵的味道值得讓人專注品嘗。

媞瑟默默記下了這間店的店名。

第三章 蕈菇森林的祖各族

隔天，太陽開始西斜之際——

我們為了尋找寶石巨人而造訪祖各村，在那裡受到熱情的款待。

祖各村位於森林一處樹林交疊、陽光照不進來的地方。

覆滿苔蘚的倒樹上生長著巨大蕈菇，我們把蕈菇當作地毯坐了下來，與祖各長老面對面。

「好久不見咻。」

祖各長老彎曲著嘴邊的觸手拉起我的手，親切地這麼說道。

祖各的身軀像是和貓差不多大的巨鼠，嘴巴周圍長著類似鬍鬚的觸手，是有點畸形怪狀的魔物。

牠們的雙手雙腳比起老鼠更接近猿猴，靈巧得足以使用工具。

站在長老身後的祖各戰士們手拿石刃長槍，身穿以樹皮反覆編結而成的鎧甲。

牠們那靈巧的手指不但能操使武器，還能打造石器、編製鎧甲。

「雖然知道佐爾丹離這裡很遠咻，但還是希望你能像之前一樣偶爾來玩咻。」

「抱歉一直沒來。有了戀人後實在離不開佐爾丹呢。」

「你有戀人了咻？那可真是喜事一樁咻。畢竟過去曾經耳聞人類是很難找到配偶的種族咻。」

長老的臉湊近我的手指後，將觸手輕輕纏繞上來。

我看到莫格利姆臉色一僵，便笑了笑要他放心。

「謝謝長老，為我們的友情獻上祝福。」

「獻上祝福咻。」

聽說祖各嘴邊的觸手是非常重要的器官，觸手受傷會拖垮身體導致臥病不起。

將如此重要的器官交到對方手中，便是祖各賦予最高信賴的證明。

觸手柔軟有彈性，習慣之後就會覺得這觸感很舒服。

「我這次過來就是要為這麼久沒來玩一事道歉，另外想請你們幫點小忙。」

我這麼說完，將帶來送給祖各們的豬肉塊擺出來。

這分量堪比一整頭豬吧。

「哦哦，這真是太感謝了咻。」

看到巨大的肉塊，站在後面的祖各戰士們也不禁「咻咻」地笑得欣喜。

「這裡總是缺肉咻。如果咱們也懂得做生意就好了咻。」

長老發出「喀哩喀哩」的聲音搔弄毛髮覆蓋的脖頸。

「奢求學不會的本事也沒用咻。能交到像你這樣會分肉給咱們的朋友就已經很滿足了咻。來個誰把這些肉拿去炊膳樹咻。」

「做給我們的份只要一口左右就行了。比起肉，我們更想吃蕈菇和水果呢。」

「咻咻！既然如此就照你的意思咻。」

聽到這裡，在場的祖各們彼此互看一眼後，紛紛開心地笑了。

＊　＊　＊

「雷德真的是締結了不可思議的緣分呢。」

走在祖各的聚落裡，莉特興味盎然地打量著四周環境。

祖各是擁有文明的魔物。

往左看去，並排的樹枝上生長著大量蕈菇。祖各有栽培蕈菇的生態。

往右看去，有隻祖各正在搓揉泥土。

「那是在製作土器。這裡沒有窯爐，都是單純用火烤成的，不過手工繪製的花紋都很有特色，還滿有意思的喔。」

正在製作土器的年輕祖各發現我們這些稀客便停下手上的工作，既忐忑又期待地注視著我們。

莉特向牠輕輕揮手後，年輕祖各也用力揮了揮被泥土弄得黑漆漆的雙手。

「啊哈哈！我之前沒遇過祖各，真沒想到牠們是這麼親人的魔物呢。」

「其實也不是親人啦。」

「是嗎？」

「祖各是好奇心很旺盛的種族。這次是因為我們是態度友善又沒見過的人類，牠們才想要和我們交流；如果牠們在森林裡遇到陌生人類的話，會為了滿足好奇心而抓起來或殺掉。」

「從這方面來看果然是魔物啊。」

莉特似乎覺得很有趣。

莫格利姆則皺著眉頭，右手蠢蠢欲動地想握住斧頭。

「竟然要在食人魔物的巢穴裡住一晚啊。」

「祖各不會襲擊有交情的對象，而且牠們也不是很強的魔物。勇猛的屠龍者難道會畏懼小小的祖各嗎？」

「你說啥！才不是這樣咧！」

莫格利姆大動肝火，衝我瞪視過來。

那怒氣洶洶的模樣使得在遠處圍觀的祖各們驚慌地躲了起來。

「看吧，你把牠們嚇跑了。」

「唔唔……不要緊嗎？牠們會不會因為這樣就把俺當成敵人，趁俺睡覺的時候搞偷襲啊？」

「不會啦，我都送禮了，祖各也收下了。牠們其實是很重視承諾的種族喔。」

「竟有這等事。」

「在這一點上應該和矮人意氣相投吧？」

「嗯，遵守承諾確實是一種美德。」

承諾對矮人來說很重要。

在矮人的價值觀裡，縱使是討厭的對象，就算情況有變導致自己吃虧，只要是雙方合意下約定的承諾就必須盡可能遵守。

「明明是魔物，還挺令人欽佩的嘛。」

得知這件事後，莫格利姆似乎放下了一點對祖各的警戒心。

他和莉特肩並著肩，愉快地觀賞著祖各們的生活。

「仔細一瞧，這種沒有日照的昏暗和潮溼感，讓俺想起了矮人的地洞哪。」

「記得莫格利姆是從鬍子爵士山搬到佐爾丹的吧？」

「嗯。老婆旅行到那裡做生意時，俺就對她一見鍾情了。雖然希望以後有機會帶你們去看看，不過俺這個處境沒法回去嘍。」

「矮人的文化那麼重視承諾，結果還滿熱血浪漫的呢。」

「唔，或許是因為平時循規蹈矩地過日子，一旦遇到超出價值觀的事物就會一口氣突破理性展開行動吧。」

有道理啊。

我過去確實一直不解那麼講究規矩的矮人怎麼會做出私奔這種行為，原來正是講究規矩才會這麼做嗎？

矮人之間悄悄盛行人類寫的戀愛小說可能也是出於這個原因吧。

「啊！」

抬頭看著上方的莫格利姆叫了一聲。

他的視線前方有兩隻祖各幼子待在樹枝上。

見狀，我和露緹同時衝出去。

「啪嚓」一聲，祖各幼子所在的樹枝斷掉了。

祖各的哀號響徹森林。

「露緹！」

「嗯！」

露緹繞到我面前，兩手交握。

我跳到她的手上之後——

「喝！」

露緹雙臂使勁，把我拋到了空中。

她瞄得很準。

我接住了兩隻從高空掉落的祖各幼子。

「莉特！」

「包在我身上！浮空術！」

我的身體飄起來，然後緩緩降落到地上。

莉特的浮空魔法只能對一個人施展。

兩隻祖各同時掉下來的話，救了其中一隻就來不及救另一隻。

所以由我接住牠們，莉特再對我施展浮空魔法讓我們安全著地。

「都沒事吧？」

落地後，我對抱著我的兩隻祖各幼子柔聲問道。

只有幼貓那麼大的小祖各靈活地轉著黑珍珠般的眼眸，似乎還沒理解過來到底發生了什麼事。

大概是思緒終於開始運轉了，牠們那雙黑色眼眸溢出淚水，緊緊揪著我大哭起來。

「呃，那個……」

這下傷腦筋了。

我可不懂怎麼哄祖各的小孩啊。

我求助地看向莉特他們，但他們也只是用溫情的目光看著我這邊。

看來他們覺得這一幕很溫馨。我也覺得在別人眼中應該是很溫馨啦，不過好歹為被纏著哭還束手無策的我設身處地著想一下啊。

如果我也當爸爸就會懂了嗎？

沒錯，所以該讓即將為人父的莫格利姆來想辦法才對！

正當我這麼想的時候——

「庫克！奈可！你們沒事真是太好了！」

一隻祖各以迅雷不及掩耳的速度從樹上衝下來。

「「媽媽！」」

原本抱住我的兩隻祖各撲進了牠們母親的懷抱。

「呼……」

我如釋重負地鬆了口氣，擦掉殘留在衣服上的眼淚和口水。

＊　＊　＊

宴會辦得相當盛大。

「咻咻！來，儘量吃，儘量喝吧。」

蕈菇宴會場裡，祖各們喝著樹液酒，開心地載歌載舞。照亮四周的柔和光芒好像是源自於覆蓋在樹木的苔蘚。那是光蘚的一種嗎？

「謝謝你們救了我們的孩子咻。」

「真不知該怎麼道謝才好。」

我們救下的祖各幼子似乎身分崇高，在祖各中近似於領導者。

祖各是合議制，不太有東西歸個人所有的概念，因此和人類的地位迥然不同……不過簡單來說，那兩隻幼子就像貴族一樣。

祖各住的地方有樹根、樹幹、樹枝和樹葉等，愈往高處身分就愈高。

雖然感覺很容易發生摔落的意外，但聽祖各們說，牠們用來建造房屋的樹木都很結實，照理說樹枝不會突然斷裂才對……

總之，由於我們救了有身分的孩子，才會在宴會中得到最頂級的待遇。

「妳好厲害咻，那是魔法嗎咻？」

「那不是魔法……是我和哥哥心連心，也就是兄妹的力量。」

「是這樣嗎咻！我也最喜歡哥哥了咻！將來我也能和露緹小姐一樣嗎咻！」

「原來妳也是妹妹呀。嗯，一直和睦相處下去的話，一定沒問題的。」

「耶～！」

露緹似乎和剛才救下的祖各幼子處得很融洽。

說起來，身為勇者的露緹經歷過各種冒險，但我好像很久沒看到她放下戰鬥和別人開心交流的模樣。

記得剛開始旅行時「勇者」的加護還很弱，這樣的情況並不是沒有發生過……不過離開王都的時候，任何邂逅都已經沒辦法打動她的心了。

所以，就算從佐爾丹走到這裡要耗時兩天，露緹能夠享受旅途中與他人交流的時光還是讓我非常高興。

「太好了呢。」

一碗蕈菇湯擺到我面前。

我轉過頭，看到莉特正溫柔地笑著。

「我想露緹應該也很享受至今與你一起度過的旅行，不過她並沒有享受到旅行本身的樂趣。」

「對啊。她現在可以笑得那麼開心……真的是太好了。」

莉特將肩膀靠了過來。

料理的調味有點偏辣，但很好吃，搭配祖各的酒正合適。

在咚咚太鼓聲以及用中空樹枝做成的原始長笛聲中，祖各兩兩一組配合樂音跳著奇妙的舞蹈，現場滿是「咻咻」的獨特笑聲。

「這些小傢伙還挺有本事的嘛！」

整張臉醉得通紅的莫格利姆不服輸地跳起舞來。

矮胖的矮人牽住小小祖各的手踏著舞步。

一開始祖各們都被突然闖入的莫格利姆嚇了一跳，不過和矮人一起跳舞這個未知體驗激起牠們的好奇心，不間斷地邀請莫格利姆跳舞。

頑強的矮人最終說了句「拜託放過我吧」，然後愉快地笑著倒下。

見狀，祖各們都拍手笑了起來。

「雷德。」

莉特挽住我的手臂。

她那張因為酒精而泛著紅暈的臉龐非常美。

「你都沒有把這些有趣的朋友介紹給我，很過分耶。」

「也對，下次就單純來玩好了。」

「嗯！啊，這個很好吃喲。來，啊～」

「呃，喂，大庭廣眾之下……好啦、好啦……啊～」

莉特餵我吃的烤蕈菇料理只簡單用鹽調味，但十分鮮美可口。

＊　＊　＊

在祖各的聚落住一晚後，我們爬上山路，朝牠們說的洞窟前進。

「哦哦，積雪了呢。」

樹蔭下積了薄薄一層雪，莫格利姆興奮地踩得沙沙作響。

空氣澄淨，可以清楚看見遠方的佐爾丹街景。

「景色好棒喔。」

莉特說道。

我用雙手罩住她紅通通的耳朵，莉特便很癢似的笑了。

「幸好寶石巨人的聚落不是在山頂呢。」

「對啊。雖然我和妳還有露緹耐得住嚴寒，莫格利姆身為矮人應該也不怕山地氣候……但會冷就是會冷啊。」

「我也是因為喜歡溫暖的地方才來佐爾丹的……還多虧這樣才能和雷德在一起，所以我還是喜歡炎熱的夏天。」

「夏天的時候妳不是還抱怨太熱了嗎？」

「啊哈哈，我早就忘了。」

一隻狐狸從樹木之間探出頭來，興味濃厚地觀察著我們這些陌生的人類與矮人。

突然有團雪塊掉在那隻狐狸的臉上。大概是風吹動了樹枝吧。

「嘎嗷！」

狐狸像是在怪罪我們似的發出指責的叫聲，接著便跑走了。

「唔。」

露緹的表情很不開心。

看來是因為那隻狐狸很可愛，她原本還想再多欣賞幾眼。

她瞪了眼掉下雪塊的樹，猛然跺了一下腳。

地面晃動起來，周邊樹上的雪一口氣掉個精光。

粉雪飛揚，躲起來的小動物們驚慌逃竄。

四周寂靜無聲，露緹一臉傷腦筋地注視著我。

「我只是想一次把雪全弄下來，免得雪塊又砸到牠們。」

「放心，等我們離開，牠們馬上就會回來的。」

我輕輕拍了拍露緹的肩膀安慰她。

露緹依依不捨地眺望著誰也不在的森林景色。

我們繼續爬山。現在大概快要一點了。

從山上看見的天空更顯蔚藍，在陽光下晶光閃爍的白雪很漂亮。

「差不多可以吃午餐了吧。」

「太好了！」

聽我這麼說，莉特拍了拍手。

「我正好肚子餓了呢。」

「畢竟在雪地走路很消耗體力嘛。」

晚餐會等紮營完成後再做，這樣就能做得很豐盛，不過午餐就必須從簡才行。

「火精靈啊，以我的手為舞臺翩翩起舞吧……灼熱之手。」

莉特施展魔法後，鐵鍋裡的水就咕嘟咕嘟地沸騰起來。

配料有為了更快煮熟而切碎的蔬菜、祖各分給我們的新鮮蕈菇以及培根。

「稍微滾一下子，最後再把保久鹹餅弄碎丟進去。」

加入事先塗抹辛香料和橄欖油的鹹餅，光是這樣就能充當增添風味的調味料。

要趁酥脆的時候享用還是煮到軟糊依個人喜好而定，這次我在鹹餅還是酥脆的狀態就盛盤了。

「「「我開動了！」」」

這道料理做起來很簡單，但在無邊無際的藍天之下，找一處視野遼闊的地方坐著享用就會覺得非常美味。

「食物很好吃，景色也很棒，感覺冷颼颼的山風讓熱湯更美味了……雷德，能來這裡一趟真是太好了呢。」

莉特說道。

這番話或許不太適合用在賭命求生的冒險上。

「對啊，能來這一趟真是太好了。」

然而，用在我們的旅行上真是再適合不過的了。

＊　＊　＊

我叫做媞瑟，是隸屬殺手公會的殺手，如今則是在佐爾丹過著悠閒生活的普通人。

唉喲，我實在很煩惱到底要自報殺手的身分到什麼時候。

坐在我手上的蜘蛛是我的搭檔憂憂先生。「先生」也是名字的一部分。

「那麼，這下該怎麼辦才好呢？」

米絲托慕婆婆喃喃說道。

我也停下藉由跟憂憂先生玩耍來逃避現實的行為，看向了前方。

「是入侵者咻！」

長得像老鼠的怪物在樹上舉著長槍瞄準我們。

「呃，我們是雷德的朋友啦。」

戈德溫拚命解釋著，只是祖各們完全沒有放下警戒的跡象。

「混帳，要是馬沒有走到一半就不肯動就好了。」

戈德溫發著牢騷。

按原本的計畫騎馬追趕的話，我們應該昨晚就在這些祖各的聚落和露緹大人他們會合了。

然而，隨著愈來愈接近「世界盡頭之壁」，馬也愈發變得浮躁，昨天中午就一步也不肯再往前走了。

我們想盡辦法讓牠們繼續趕路，馬卻彷彿在畏懼什麼似的死活不肯挪步，無奈之下就由我努力把馬帶到附近村莊，打算支付銀幣託村民代管。

結果村莊那邊因為蔬菜和家畜被哥布林偷走而陷入大亂，於是我努力追過去打倒哥布林，幫忙搶回被偷走的東西，這才終於把馬託付給村民照顧，然後又努力跑了回來。

我真的很努力了。我好佩服自己。

憂憂先生用他的小腳輕撫我的腦袋。

「認識祖各族的只有雷德那小子而已，單憑我們幾個是無法取信牠們的啊。」

面對說破嘴都不為所動的祖各們，戈德溫聳了聳肩。

「是米絲托慕大師說有辦法我才一路跟到這裡的耶。」

「唉呀，三十年前我來過一次，所以想說應該沒問題；倒是漏算了祖各壽命也只有三十年左右這一點。」

我曾聽到露緹大人他們要去祖各的聚落打聽寶石巨人的住處，只是他們接下來會去哪裡我就不清楚了。

儘管我和亞蘭朵菈菈小姐都可以追蹤他們的足跡，但露緹大人他們已經領先在前，要藉由足跡追上他們有點困難。

為了儘快趕上，我們必須跟祖各們打聽到他們的去向……然而情況就如眼前所見。

「咻咻！識相點就快離開，再繼續前進咱們可就不客氣了咻！」

以這裡的成員來看，就算是戈德溫也能消滅掉所有祖各吧。

抓住祖各餵下吐真劑套出消息也不失為一個辦法。

但這些祖各是雷德先生的朋友。

我不容許別人對牠們出手。

「我知道啦。」

也許是察覺到我的視線，戈德溫苦笑著說道。

「更何況，我又沒有不惜這麼做也要追上雷德他們的理由。追不上就算了……」

「哼～」

「啊，不是，我會盡力的。」

這次被亞蘭朵菈菈小姐瞪了一眼，戈德溫冒出冷汗。

戈德溫明明在佐爾丹是實力排在前段班的惡徒，卻總有一種反派丑角的感覺。

「話說，牠們差不多要殺過來了，你們想到什麼辦法了嗎？靠我的輕鬆閒聊好像也爭取不了多少時間了。」

「閒聊？」

「哎，我就開個小玩笑，眼神不要這麼冰冷啦。」

戈德溫似乎已經很習慣和我們一起旅行，隨口就能來一句剛才那種玩笑話。

他自從被露緹大人帶去古代妖精遺跡之後就飽受周遭折騰，我本來還有點同情他，但看來他比我想像中的還要堅強。

不過，現在要怎麼辦？

這時，亞蘭朵菈菈確認完四周情況後開口道：

「最近是不是曾發生樹木倒塌，或者不該斷的樹枝卻斷掉的意外？」

「咻咻！」

看得出來祖各們瞬間動搖了。

「為什麼妳會知道咻！」

「因為我是植物專家。這座森林有疾病正在蔓延。」

「妳說什麼咻？」

「根本胡說咻！」

「可是，樹枝斷掉是事實咻。」

祖各們的戰意明顯降低了。

「如果真的是生病會怎麼樣咻？」

「雖然不至於整座森林都消失，但會有數不盡的樹根腐爛壞死。」

「會、會死咻！」

祖各們頓時慌亂無比。

牠們鬧哄哄一片，彼此交頭接耳地快速討論著。

「都先冷靜下來咻。」

一道很有威嚴的嗓音傳來，祖各們連忙讓出一條路。

「這位擁有樹葉之耳的貴客啊，我等上次見到高等妖精已經是曾祖父那一輩的事情了咻。」

「我也是第一次見到菌絲守護者呢。」

現身的是一隻年邁祖各，他應該是長老吧。

「妳竟然知道菌絲守護者這個古老的名稱咻，聽聞高等妖精壽命很長，真是不容易咻。我今年就三十四歲了咻，差不多是時候回到戴密斯神的身邊，準備前往下一趟旅途了咻。」

這麼說完，長老搓著雙手笑了笑。

「那麼樹葉之耳啊，妳說這座森林生病是怎麼一回事咻？」

「這幾個月來土質發生急劇變化，所以草木才餓瘦了。目前症狀還不是很嚴重，但之後會有更多樹枝斷掉，樹木也會相繼倒塌。」

「咻咻……土質會變真是怪哉咻。」

「土質的變化隨著靠近『世界盡頭之壁』而加劇，或許是上面發生了什麼事情也說不定。」

「我明白了咻。即使我們熟知蕈菇，但短暫的生命不夠我們去了解樹木咻，眼下便聽憑高等妖精的判斷咻。」

「長老！」

「從現在起他們就是客人咻。立刻放下長槍咻。」

祖各們一齊放下原本對準我們的長槍，紛紛伏臥在地。

太好了，看來問題自然而然解決了。

＊　＊　＊

亞蘭朵菈菈小姐負責診斷樹木，米絲托慕婆婆提供魔法支援，戈德溫則著手調合著藥物。

我在這段時間整理從祖各們那邊打聽到的消息，藉此規劃路徑以便追趕上雷德先生他們。

「要確保安全就得等到明天才能會合，拚一點應該今晚就追得上。」

憂憂先生搖了搖頭。

「你說得沒錯，不做紮營的準備而選擇強行趕路，要是沒有追上他們就危險了。我和亞蘭朵菈菈小姐是沒關係，倒是戈德溫和年事已高的米絲托慕婆婆在冬天的夜晚走山路可能不太好。」

還是應該安全至上吧。

「要在今天會合果然有難度嗎？」

背後傳來一道嗓音。那是亞蘭朵菈菈小姐。

「是的。如果強行在冬天夜晚的山裡趕路是有可能在今天追上，但沒追上就必須在深夜裡做紮營的準備，而且也可能因為夜色太黑而沒發現莉特小姐他們，結果就這樣錯過了。」

「嗯，我也覺得明天再跟他們會合就好。」

亞蘭朵菈菈小姐點點頭，在我旁邊坐下來。

「樹木都診斷完畢了嗎？」

「必要的處理都做完了。多虧有米絲托慕幫忙才能結束得這麼快，接下來只要等戈德溫做好藥就能繼續前進了。」

「這樣啊。」

看來可以比我預估的時間還要早二十分鐘出發。

「我問妳喔。」

「什麼事？」

「我這趟旅行的目的是為了與雷德和莉特重逢，而米絲托慕是要跟矮人莫格利姆會合當他的幫手，至於戈德溫好像是在盤算如何讓米絲托慕將他的罪行一筆勾銷。」

「是嗎？」

「那妳呢？」

「來帶路的。」

「只要說出雷德他們去了祖各的聚落，就沒必要特地帶路吧？況且接下來妳我都不知道他們會在哪裡，只能依循祖各說的路徑追過去。所以，我覺得妳已經沒理由再幫我們帶路了。」

「讓我同行會礙事嗎？」

「我不是這個意思！」

我沒料到亞蘭朵菈菈小姐會大聲反駁，心裡不免有點嚇到。

喊出這句話的她，表情相當認真。

「我很感謝妳的相助，妳確實幫了不少忙，我一點也不覺得妳礙事。如果聽起來是這個意思，那就是我的說法不好，對不起。我只是好奇妳為什麼要幫到這分上而已。」

「妳不用道歉啦，我並沒有在介意這個。」

我前天才和亞蘭朵菈菈小姐交戰過而已。

雖然我想她還沒有信任我，不過從她剛才的反應來看，她對我的印象似乎也不是那麼差。

儘管如此……我沒有真誠地對待亞蘭朵菈菈小姐。

露緹大人的事還瞞著沒說……唉，胃痛啊。

露緹大人不當勇者了。

縱使那是神明強加於她的職責，但她退出拯救世界的旅行是事實，不曉得身為勇者夥伴的亞蘭朵菈菈小姐會怎麼想。

我之所以和他們同行，是怕亞蘭朵菈菈小姐會像蒂奧德萊大人那樣無法原諒露緹大人的選擇，到時我要與露緹大人並肩作戰。

就這方面來看，我和亞蘭朵莅莅小姐之間不存在信賴關係這種東西吧。

「亞蘭朵莅莅小姐妳……」

「嗯？」

換作是暗殺工作，我就會開始找對方的弱點攻其不備，但現在不是那種情況。

我想做力所能及的事情，幫助我的朋友露緹大人。

「妳為什麼會成為勇者的夥伴呢？」

我必須理解亞蘭朵莅莅小姐的想法。

她直勾勾地盯著我。

「妳知道我的事情啊？」

「因為我是雷德先生、莉特小姐，以及另一個人的朋友。」

「這麼說來，雷德的真實身分不會有錯了吧？」

「是的。」

亞蘭朵莅莅小姐閉上眼睛，呼出了一口氣。

「……儘管我很有把握，但能得到證實還是很開心呢。太好了，他還活著。」

聽亞蘭朵莅莅小姐說，她一直在懷疑賢者艾瑞斯大人是不是殺了雷德先生。

追尋著可能已逝的友人消息，想必讓她很不安吧。

「抱歉，妳是問我為什麼會成為勇者的夥伴對吧？」

「對。」

「原因很簡單喔。因為我最重要的朋友吉迪恩……不對，是雷德在隊伍裡啊。」

「只有這樣嗎？」

「對，只有這樣。當然，能拯救世界的話我也想盡一份力，有人受苦的話我也想伸出援手。但是，若為此志願從軍就算了，我可不會做出單憑六個人就要取魔王首級這種愚蠢的選擇。」

「什麼愚蠢！」

「就是很愚蠢啊。為什麼非得特地以寡敵眾不可呢？」

「這是要以『勇者』隊伍這個最大戰力為中心，憑藉機動性發動強襲、轉戰各地，讓分布在大陸上的戰線都能取得戰果。自從勇者大人開始對抗魔王軍之後，阿瓦隆大陸聯合軍也確實都有成功反擊回去啊。」

「但那是『勇者』不斷戰勝的緣故吧？讓『勇者』背負全人類的負擔與責任，一旦她倒下就是一場空——『勇者』就是如此愚蠢的豪賭啊。」

這是……

透過雷德先生和艾瑞斯大人的描述，我對亞蘭朵菈菈小姐的印象就是一個溫柔的大姊姊，也是情緒說來就來的性情中人。

但現在和我聊天的亞蘭朵菈菈小姐，說起勇者時的態度相當冷靜。

「的確，『勇者』是最強的加護，也是世界的希望。在『勇者』衝動的驅使下，她看起來是為了世界採取最妥善的行動。但所謂的『最妥善』，前提是『勇者』要背負一切，並且不去考量加諸於『勇者』的負擔。其實真正的妥善之策，理當以『勇者』為中心組織軍隊，而且不能倉促組成，要讓『勇者』擔任指揮官穩紮穩打地訓練軍隊才行。『勇者』該做的不是上前線應戰，而是成為賦予士兵們安心感與勇氣的後盾。」

「沒想到亞蘭朵菈菈小姐是這麼想的，我從來沒聽雷德先生提過。」

「畢竟這只會讓他徒增痛苦而已，再說這一點他自己心裡也很清楚。然而，『勇者』的衝動不容許這種做法，因為『勇者』不會考慮到自身安危。正因如此，神才會安排『引導者』來守護『勇者』吧。」

「那麼，亞蘭朵菈菈小姐妳……是認為『勇者』沒必要為了世界不停戰鬥嗎？」

「哦……原來如此。」

亞蘭朵菈菈小姐凝視著我的眼睛。

「這方面的事情妳不用擔心啦，我和雷德是站在同一邊的……雖說如此，我還真是驚訝呢。」

亞蘭朵菈菈小姐揚聲一笑。

「原來露緹也在呀！」

看來這位高等妖精女性比我想像中的更加情感強烈、冷靜、敏銳，並且溫柔。

第四章 與亞蘭朵菈菈重逢

清晨的森林中，一大一小兩道身影正在交戰。

大的是名為岩石巨魔的魔物，一種皮膚宛如岩石般堅硬的兩公尺高人型生物。

岩石巨魔的右手拿著黑鉛棒，露出獠牙威嚇敵人……拿的是鉛棒而不是鐵棒還真是稀奇啊。

而和這頭魔物戰鬥的是矮人莫格利姆，他舉著斧頭一步步拉近雙方的距離。

「喝啊啊啊啊！」

隨著厲聲大吼，莫格利姆撲向一身岩肌的岩石巨魔，掄起斧頭狠敲下去。

由莫格利姆親手鍛造的斧頭輕易擊碎了岩石巨魔的岩肌，魔物哀號著癱倒在地。

「哈哈！看到俺這一擊了沒！」

莫格利姆用力揮起斧頭叫道。

能打倒岩石巨魔的冒險者，在佐爾丹的確算是少有的高手。

「『符文鍛造師』是武器工匠的加護，我還以為面對戰鬥會更吃力一點，但你的實力遠遠超乎我的預期啊。」

「哇哈哈！因為俺完全沒有魔法方面的才能啊！只好放棄魔法，全力發展鍛造和戰鬥的技能啦！仔細看好嘍！投擲技能專精：跳彈投擲！」

莫格利姆朝岩石丟出斧頭，只見斧頭撞到岩石後又反彈回來。

「咕啊！」

耳邊傳來岩石巨魔的死前慘叫。

彈回來的斧頭改變軌道，命中了躲在其他岩石後面伺機攻擊我們的岩石巨魔。

「哇哈哈！俺這屠龍者的封號可不是浪得虛名吧？」

「唔……這身手可能真的殺過龍也不一定。」

「你終於相信了啊！」

莫格利姆從倒下的岩石巨魔身上拔出斧頭，暢快地笑了起來。

照這情況下去，他大概又要像平時一樣大談英勇事蹟，我便連忙拍了一下手。

「剛才那是最後一頭了吧？那我們趕緊把工作做一做吧。」

「嗯，身為屠龍者的俺……接下來要做啥來著？」

「屠龍者的工作……就是撿柴火啊。」

我看著背上的柴薪這麼說道。

＊　＊　＊

「歡迎回來～」

我們回到集合地點時，莉特和露緹已經回來了。

「妳們那邊也收集了很多呢。」

「嗯，大概有三天的分量。一個小時就收集這麼多很厲害吧？」

「辛苦了。」

相較於她們，由於我們遇到岩石巨魔集團，只收集到兩天再多一點的量。

「都你啦，莫格利姆，一心只想著要消滅岩石巨魔。」

「可、可是牠們就在附近也只能先解決掉啊。更何況，一開始說牠們可能隨時又會攻擊過來的可是雷德你耶。」

我們邊互相推卸責任，邊把撿來的柴薪放下來。

「這樣就有五天份了呢。只不過預計明天就會抵達寶石巨人的聚落就是了。」

「畢竟這一帶的海拔應該快到森林邊界，再往前走就沒有柴薪可撿了。」

我把柴薪捆起來放進後背袋裡。

一天份大概七公斤重，五天份就是三十五公斤。

雖然有道具箱可以用，但收納的時候要把柴薪一根一根分開放進去。

取出的時候也必須一根一根在腦海中想像著再拿出來才行。

讓道具箱記憶大量的柴薪是相當繁瑣的作業過程，有時候還會拿不出來，所以這種消耗品還是揹著比較實在。

「好，那就出發吧。」

「嗯！今天也是好天氣耶！感覺會是一趟愉快的旅程呢！」

莉特仰望天空這麼說道。

的確，天空晴朗得近乎炫目，吹拂過來的風也很柔和。

最擔心的雪也沒有下，氣溫比預期中的還要高。

看來會是一趟舒適的旅程。

＊　＊　＊

越過森林邊界後，前方景色隨之一變。

少了樹木遮蔽視野，可以看到很遠的地方。

差最多的就是天空了吧。

視野裡沒有那些高聳大樹，天空看起來更近了。

抬頭望去，映入眼簾的只有一片藍天。

「好。」

我打定主意。

「嗯？怎麼啦？」

莉特注意到我的模樣便問道。

我「咚」的一聲倒下，呈現大字形仰望天空。

「咦？等一下，你到底怎麼了啦！」

「天空很美嘛。」

「啊哈哈，原來是這樣。」

莉特在我旁邊坐下。

「的確很舒服呢。」

「對吧？」

「欸，你們在幹嘛啦？這裡可是旅人聞之色變的大山脈『世界盡頭之壁』耶。」

莫格利姆傻眼地笑了笑。

「難得來一趟世界最雄偉的大山脈，不好好欣賞一下景色就虧大了吧？」

「要這樣講也是有幾分道理啦。」

「這就對了嘛，莫格利姆和露緹也一起躺下來啊。草的觸感很舒……嗯？」

地面在震動？

「雷德，怎麼了？」

「呃，地面好像在微微震動。」

「地震？」

「和地震的感覺不一樣。」

聽到我這麼說，莫格利姆率先鐵青著臉將耳朵貼在地面。

接著是露緹沉下臉盯著山上。

「不會是雪崩吧！」

「不是，這裡的積雪還不足以引起雪崩……這是——」

我們猛跳起來。

山上看起來正逐漸黏稠地融化開來……宛如遭到火烤的蠟像。

「是土石流！」

沙塵滾滾，土石流迫近的速度彷彿是盯上獵物的龍。

「怎、怎麼辦！」

莫格利姆叫道。

「莉特！」

「不行，我的浮空魔法只能維持幾分鐘，而且飛行速度比走路還慢，逃不出土石流的範圍。」

聽到我的呼喊，莉特搖了搖頭。

「哎，別管俺了！你們都可以顧好自己吧！」

莫格利姆這麼叫道，莉特則皺起眉頭。

「不要緊。」

然而，露緹鎮定地說出這句話。

只見她抓住莫格利姆和莉特。

「幾分鐘很夠了。」

「咦？啊、啊啊啊啊啊！」

她把莉特和莫格利姆扔出一百公尺左右的距離。

「至於我……」

接著，她輕巧地朝我撲過來。

「用哥哥的『雷光迅步』逃走吧。」

我以公主抱的姿勢抱著露緹，卯足全力狂奔起來。

「三人之中我最輕，這是很合理的判斷。耶嘿～」

我與一臉滿足摟住我脖子的露緹一起全速逃出土石流的範圍。

土石流從草原上輾壓而過。

但十分鐘後，那股破壞力、恐怖的聲響以及沙塵便沉寂下來，像是什麼事都沒發生過一樣。

「呼……」

我把露緹放到地上。

「已經結束了。」

露緹不知為何很可惜的樣子。

我環視周遭，發現莉特和莫格利姆在離我們稍遠的高地避難。

「莉特和莫格利姆在那邊啊，他們看起來都沒事。」

我喘出一口氣。

「哥哥，你還好吧？」

「沒事，只是有點累了。」

「累了？但哥哥不是感覺不到累嗎？」

「平時是這樣，只不過高山環境就要另當別論了。」

本來使用「雷光迅步」消耗掉的體力就非常驚人。

雖然持久力技能專精的疲勞完全抗性彌補了這一點，但單憑疲勞完全抗性還是無法應付山上的稀薄空氣。

「不過沒什麼大不了的啦。只是太久沒有累到，有點不知所措而已。」

「這樣啊，那下次我來抱哥哥。」

「呃，好，要是再遇到這種事就拜託妳了。」

「嗯，交給我吧。」

我和心情愉快的露緹一起走去找莉特他們。

莉特和莫格利姆看起來都沒有受傷。

「沒事吧？」

「嗯，只是有點嚇到了。」

「俺可是嚇得要命哪……臂力得要多強才能把俺們丟得那麼遠啊？」

「我已經放輕力道不讓你們飛太遠了。」

「那還不是全力嗎！」

「我家露緹很厲害吧？」

「雷德你在驕傲什麼啊？」

「因為她是我妹妹啊。」

「嗯，我是哥哥的妹妹。」

莫格利姆一臉傷腦筋地看向莉特，但莉特只是笑著聳聳肩。

「好啦，看來大家都平安無事。是該繼續往上爬……」

土石流的痕跡已經被泥巴和大小不一的岩石覆蓋住了。

走在那上面應該會很吃力。

「不過還是繞路吧。」

＊　＊　＊

我們發現了紮營的痕跡。

發現的時候，時間還算是早上。

我摸了摸變黑的篝火痕跡，上面還殘留著餘溫。

「已經十年以上沒來過這裡了，景色無論經過幾年還是這麼棒呢。妳不覺得很美嗎，亞蘭朵菈菈？」

米絲托慕轉身向後，眺望一路經過的景致說道。

我頭也不回地答道：

「景色等找到雷德他們之後再欣賞吧。」

「這樣啊。」

我繼續往前走。

我知道自己語氣帶刺。

也知道自己破壞了團隊的氣氛。

然而，自從來到「世界盡頭之壁」之後，我始終惴惴不安。

草木都在害怕。

我不曉得山上發生什麼事，也不曉得草木究竟在害怕什麼……但我很擔心雷德他們的安危。

「話說回來，你們還真是勇健耶。」

走在最後面的戈德溫這麼說道。

「從早上開始已經五度被岩石巨魔襲擊了，我都累了啦。」

「畢竟天還沒全亮就出發了，這也沒辦法。」

魔物的活躍時間一般都在夜晚。

擁有夜視能力的岩石巨魔則是在夜晚和黎明時分最能發揮本領。

「不過，我還是第一次瞧見岩石巨魔用鉛棒呢。」

米絲托慕喃喃說道。

岩石巨魔儘管生活很原始，但懂得製造小型爐子來煉鐵。

也許是自恃那身宛如岩石一般的堅硬皮膚，牠們不會製作防具，通常是製作鐵棒或標槍等可以發揮臂力優勢的武器。

不過，就連亞蘭朵菈菈也沒聽說過岩石巨魔會用鉛做武器。

說不定單純是因為鐵礦石的礦脈被其他魔物占領的緣故。

「雷德、莉特、露緹……」

我清楚那三人的實力。

他們不可能栽在這種地方，只不過——

「再稍微加緊腳步吧。」

「不會吧。」

戈德溫抱怨歸抱怨，還是乖乖地走了起來。

媞瑟不發一語地加快速度。她在走路時幾乎沒說過話。

米絲托慕一邊說著「唉呀呀」，一邊跟了上來。她明明是個拄著枴杖的老婦人，卻不容小覷。

她穿的長靴是矮人製作的，想必是可以減輕體力消耗的魔法道具。

這些人都亦步亦趨地跟了上來……找到雷德等人之後，再正式向他們賠罪吧。

所以，希望他們能原諒我現在當一個任性又傲慢的高等妖精。

走了一陣子後，從上方傳來了地鳴。

「是土石流。雖然不是直衝我們這裡，但岩石和沙土有可能會蔓延過來。」

「噢，我還是頭一遭親眼瞧見土石流呢。」

我們聽從媞瑟的建議，折返了一段路。

土石流發出轟響滾滾而過。

我們原先的所在位置也滾落了一些沙土和岩石，要是還留在那裡搞不好就危險了。

「還真是弄得一團糟啊。」

如同米絲托慕所說，前方的山坡路被大量沙土和岩石覆蓋住了。

「喂喂喂，那雷德他們走在前頭會怎麼樣啊？」

戈德溫臉色鐵青。

「不用擔心。」

媞瑟摸著地面，表情不變地說道。

「沒有人被埋起來的氣息。」

「妳感覺得到喔？」

「是的，我感覺得到。畢竟感知人的氣息是我的專長。」

「我也用魔法調查過了，地面下確實沒有認識的人。」

「我是透過植物確認的，沒有人類也沒有矮人被埋起來。」

「……你們還真方便耶。」

雷德他們是一路和魔王軍對抗過來的英雄。

米絲托慕把我比喻成暴風雨，但他們擁有的是認真起來足以擊退暴風雨的力量。

「不過，這下傷腦筋了。」

「為啥要傷腦筋啊？」

「因為不知道雷德他們是怎麼避開土石流，又從哪裡繞路的不是嗎？」

我往沙土之中踏進一步。

「喂、喂！妳打算走那裡嗎？繞路一定比較好吧？」

「要是我們也繞路的話，就更難找出雷德他們走哪條路了。繼續前進吧。」

「可是啊……」

戈德溫滿臉忐忑。

沿著土石流的痕跡前進確實很危險。

「妳能和植物溝通沒錯吧？」

米絲托慕靜靜地思忖過後，向我這麼問道。

「對，就和你們這一路看到的一樣。」

「植物是怎麼看東西的？」

「很難用語言表達出來耶，大概就像看到大氣和瑪那的流動那樣吧。」

「嗯，既然如此，我可以召喚精靈鴉（Spirit Raven）帶著妳的植物從空中偵察。我的召喚持續時間大約十分鐘，說不定能找到他們繞路的足跡。」

「謝謝，這真是個好主意呢！」

儘管我相信雷德他們平安無事，但還是隱隱覺得不安，就怕事有萬一。

我發自內心讚賞著米絲托慕的提議。

「黑翼之友啊，聽從吾之呼喚速速前來吧。召喚，精靈鴉。」

米絲托慕結印後，肩上便出現一隻黑色烏鴉。

被召喚出來的烏鴉朝我「嘎！」地鳴叫一聲，接著便伸出左腳。

我將小小莓果的藤蔓纏在牠腳上。

「拜託嘍。」

「嘎！」

烏鴉飛向天空。

牠振翅提升高度，乘著風大幅度地盤旋起來。

接著，牠慢慢往山上飛去。

我閉上眼睛、摀住耳朵，將感覺集中到莓果藤蔓上。

植物所看見的世界，是生命力的世界。

土石流的痕跡所呈現的世界，是眾多生命殞落，逐漸消亡的世界。我感受著胸口湧起的痛楚，持續凝視著這個邁向毀滅的世界。

然後，我猛然睜開眼睛。

「找到了！」

我衝了出去。

「喂、喂！」

戈德溫以責難的語氣叫了我一聲，但我沒有停下來。

我在沙土路上奔跑，不在乎鞋子和衣服會髒掉，並且抓住岩石攀登上去，不在乎岩石會割傷手指。

最後，我爬上一個將沙土斜切開來，上面開著小白花的斜坡。

在遠離沙土的地方有一處高地。

那裡被鬆軟的草地所覆蓋，灑落的陽光舒適宜人。

我拚命狂奔這最後一百公尺的距離。

抵達高地之後，他就在那裡。

他正愜意地躺在地上，看到我便睜圓了雙眼。

他還活著。我終於見到他了。

「吉迪恩！」

明明應該叫他雷德才對，但我還是情不自禁地喊出這個再熟悉不過的名字。

＊　＊　＊

夜晚——

預料之外的重逢讓我驚訝不已，幸好同行的媞瑟幫忙解釋了情況。由於旅程不能耽誤，我們便決定先趕路到傍晚，等紮營之後再慢慢聊。

媞瑟和戈德溫會跟我們一起度過今天的野營，明天早上他們似乎就會下山。

在米絲托慕等人面前，我也不好和亞蘭朵菈菈詳談我被逐出隊伍之後雙方發生了什麼事。

亞蘭朵菈菈似乎也明白這一點，她沒有深究太多便和我們一起走。而現在，我和她隔著篝火相對而坐。

「我一直以為和你的重逢會更戲劇性一點呢。」

亞蘭朵菈菈輕聲說了這麼一句。

篝火上擺著三腳架，正在煮小鍋子裡的水。

「戲劇性？我已經夠驚訝了耶。」

「比如說，我在和無數龍群交戰當中你突然現身之類的。啊，就像是魔王軍殺到這裡來，我們就背靠背聯手對抗敵人那樣！」

「啊哈哈！饒了我吧。」

「呵呵……畢竟你一直以來就是這樣的存在呀。在洛嘉維亞重逢的時候，我不就正在和魔王軍交戰嗎？」

「當時得知妳在洛嘉維亞真的讓我嚇了一跳啊。記得一聽說妳在對抗敵軍，我就趕忙過去幫妳了。雖然到頭來靠我們幾個也沒辦法協助村民們避難，還是把事情交給妳就回去了。」

「那就是你信任我的證明吧？況且，就算是遠在王都之外的洛嘉維亞，你還是來幫我了……我很高興呢。」

「在妳朋友的村子遭到敵軍襲擊的情況下，我不知道能不能用『運氣好』來形容，不過確實很戲劇性啊。」

在洛嘉維亞，亞蘭朵菈菈用她的力量幫我們突破了原本沒有希望突破的幻惑森林，而後我們衝出包圍網向別國求得援軍，成為洛嘉維亞反擊的致勝關鍵。

如果當時沒有亞蘭朵菈菈的話，不曉得會變成什麼情況。

「結果這次重逢的時候，你竟然在視野這麼遼闊的地方睡午覺。」

「我們是看到風景很好才停下來，你們則是因為我們在視野遼闊的地方才能立刻找到我們，想想這也是理所當然的結果。」

亞蘭朵菈菈拿起架在篝火上的小鍋子，往放有茶葉的水壺倒水。

白色的熱氣和茶香飄散開來。

「好久沒喝到妳泡的茶了。」

「呵呵！在王都的時候你很常來喝茶呢。」

用水壺悶過後，亞蘭朵菈菈將茶倒進杯子裡。

我邊享受茶香邊喝茶。

「果然很好喝啊。」

亞蘭朵菈菈在晚上泡的茶帶有些微苦味與沁心的清涼感，讓人心情平靜舒暢。茶葉似乎混合著幾種不同的香草。她平常總會隨身攜帶細分成許多種類的香草。

「我一直很想重現這個味道呢。」

「這畢竟是用我走過的歲月所調配出來的特調茶，就算是我的得意門生也得修行八十年以上才學得起來喔。」

「八十年啊，太久了吧。」

「事後回想起來，也不過是一眨眼的工夫罷了。」

亞蘭朵菈菈也喝了茶。

呼出的白色吐息冉冉飄起，接著消散於夜色中。

「繼續剛才的話題吧。」

「嗯？」

「我很高興能像這樣平靜地和你重逢。」

「喔……對啊。像這樣平靜地喝茶慶祝我們重逢也很不錯呢。」

「你是個久經戰場的英雄，很早就決心有朝一日要踏上拯救世界的旅途。當時的你，應該無法想像能有今天這樣平靜的重逢吧？」

「那時候的我為了盡可能鍛鍊自己，一天到晚都在戰鬥啊。如果重逢的話，應該會是在戰鬥中戲劇性地重逢……或許就如妳所說的吧。」

「而今天卻是如此平靜呢。我從以前就希望你和莉特都能為自己而活，與所愛的人度過幸福的人生。」

「亞蘭朵菈菈……」

篝火將亞蘭朵菈菈的臉龐映照得美麗動人。

高等妖精的五官都很端正漂亮，不過亞蘭朵菈菈那張瀟脫的表情有時會顯露幾絲憂鬱和寂寞。

在我眼中，那種美不同於高等妖精那種無懈可擊的美，而是只屬於亞蘭朵菈菈的獨特之美。

曾聽說亞蘭朵菈菈是格外高齡的高等妖精。雖然我沒問過她具體的年齡，但應該已經超過百歲了。

她似乎年紀輕輕便離開高等妖精之國祈萊明，當了幾十年的冒險者。

過去的夥伴們都因為戰鬥或壽盡而離世，她辭退冒險者的工作之後，偶爾還是會回去祈萊明，但終究選擇在人類社會中生活。

高等妖精如同其外號「都市妖精」，偏好停留在一個城鎮、集團或組織裡。

亞蘭朵菈菈應該算是高等妖精中的異類吧。

然而，不就是這一點造就了她此刻呈現在我眼前的這份美嗎？

如果能有另一段人生……如果在王都的時候我有餘力多顧及周遭一點，或許——

「如果是在其他情況下認識的話，你覺得我們有可能成為情侶嗎？」

亞蘭朵菈菈突如其來的問題讓我一時語塞。

但是……我搖了搖頭，打消腦中的念頭。

歸根究柢，只要我還是我，無論人生重來多少次，我應該都會把守護露緹這件事擺在最前面。

在洛嘉維亞與莉特相遇分離、被艾瑞斯趕出隊伍、與莉特在佐爾丹重逢，最後終於得以將目標擺在寧靜的慢生活上。

恐怕，我的人生注定如此。

「我覺得……不可能吧。」

「我想也是呢。」

回過神來杯子已經空了，亞蘭朵菈菈替我倒了第二杯茶。

「我覺得這樣很好。與所愛之人死別這種事，我不想再經歷第二次了。祈禱你們能夠幸福，然後在你們幸福的時候道別……我想保持這樣的關係。」

「哈哈！我接下來才準備要跟莉特求婚，然而高等妖精就已經在擔心離別時的事情了啊？」

「人類就是活得太倉促了嘛，稍微移開目光就跑得不見蹤影。」

「說得像是發育期的小孩子一樣。」

「對，就是孩子呀。不過，有時候你們會露出比長壽的我還要成熟的表情，那是矮人和半獸人所沒有的。或許這就是我們高等妖精喜愛人類的原因吧。」

說完，亞蘭朵菈菈探頭過來看著我的臉。

我有點害羞，忍不住移開了視線。

身旁傳來亞蘭朵菈菈那樂開懷的笑聲。

「話說，妳們兩個不想嘗嘗連雷德都讚不絕口的茶嗎？」

亞蘭朵菈菈這麼說完，便聽到草叢後方沙沙作響，冒出莉特和露緹的臉。

「嘿嘿嘿，被發現了啊？」

「瞞不了草木的眼睛。」

「沒錯，就算瞞得過我的眼睛，也瞞不過我的朋友。來，別待在那麼冷的地方，到這邊喝杯熱騰騰的茶吧？」

莉特和露緹在我旁邊坐下。

亞蘭朵菈菈擺出兩個茶杯，往裡面倒茶。

接著，她從沒有茶水的水壺裡取出茶葉，放入新的茶葉再倒入熱水。

「妳們一定也會想續杯喔。」

她們兩人接過杯子。

「好好喝……這個味道和哥哥泡的茶有一點像。」

「嗯，雷德泡的茶也是這種味道沒錯。」

「呵呵，這是當然的。畢竟教雷德泡茶的就是我呀。」

莉特又喝了一口，點點頭說：「原來如此。」

露緹也咕嘟咕嘟地喝得津津有味。

亞蘭朵菈菈看著露緹的模樣，臉上泛起非常溫柔的笑容。

「露緹，我泡的茶好喝嗎？」

「嗯，剛才也說過了，就跟哥哥泡的茶一樣好喝。」

「之前一起旅行的時候，我也泡過茶喔。」

「嗯，我知道。但那個時候……」

露緹一臉困惑。

「勇者」的加護會賦予各種抗性技能，即使露緹的味覺是相當敏銳的知覺能力，連一點點毒素都察覺得到，但在品嘗味道這方面極為遲鈍。

她的身體一直保持在絕佳狀態，並不需要進食。

縱使嘗得出茶的味道，也無法理解茶有多好喝。

她過去就是這種狀態。

見露緹感到困惑，我打算從旁解釋，只不過亞蘭朵菈菈溫和地制止了我。

「露緹，我真的很開心妳能像這樣告訴我茶很好喝。感覺我們終於成為朋友了。」

「朋友？」

「我和『勇者』稱不上是互相信任的朋友。但現在不一樣了，不是嗎？」

「嗯。」

「所以我很開心，喜歡現在的妳喔。」

高等妖精很難對他人敞開心扉，然而一旦成為好朋友就喜歡緊挨著彼此的那種肢體接觸。

亞蘭朵菈菈輕輕抱住露緹後，揚起歌唱般的笑聲。

「欸，雷德，莉特，露緹。我有一個提議。」

「什麼提議？」

「你們要不要和我一起移居到祈萊明王國？」

亞蘭朵菈菈就這樣抱著露緹問道。

我和莉特很吃驚。

「真好喝。」

至於被亞蘭朵菈菈抱住的露緹並未顯露一絲動搖，依然津津有味地喝著茶。

＊　＊　＊

高等妖精的國度——祈萊明王國。

在阿瓦隆大陸非人族統治的國家中，只有祈萊明能夠正式以王國自稱。

「祈萊明的氣候和莉特以前住的洛嘉維亞公國差不多喔，是建立在北方嚴寒之地的城邦，但藉由魔法讓城內到處都充滿春意。那是阿瓦隆大陸最大的都市，也是居住著無數高等妖精及其友人的美麗都市。鑲嵌著水晶的伽藍大神殿不亞於萊斯特沃爾大聖砦。保護城市的永久岩三重城牆是絕對防禦，可以將霜巨人的侵略阻隔在外。」

亞蘭朵菈菈握住我和莉特的手。

「高等妖精並不完美。我們有很多缺點，祈萊明也絕對稱不上樂園之地。但是……我們不會背叛他人。」

「等、等一下，先把事情講清楚一點吧。何況我們這邊的情況也還沒告訴妳啊。」

「你遭到艾瑞斯背叛，被趕出了隊伍，而且沒有一個人出來追你。」

「那是……」

「莉特拯救了洛嘉維亞。妳為祖國出入戰場無數次，即使面臨師父和夥伴們的犧牲仍舊奮戰到底。然而，最後妳卻隻身一人離開了洛嘉維亞。」

亞蘭朵菈菈更加使勁地握緊我的手。

莉特那邊應該也一樣吧。

「先、先等一下，我確實離開了洛嘉維亞，但那是我主動提出來的，並不是任何人的錯呀。」

莉特是拯救了洛嘉維亞的英雄。

在戰後的復興中，她也運用王族的權力以及深入民間的冒險者視角，盡心盡力地協助重建洛嘉維亞公國。

對於洛嘉維亞公國各階層人民而言，表現傑出的莉特應該是他們的希望吧。

這當然不是壞事，但英雄莉特的名號太過響亮了。

開始有聲浪表示莉特才適合繼任王位。

這其中並未參雜任何算計，而是人民純粹的心聲，上自貴族下至平民都如此期望。

「已經確定由弟弟繼任王位了，我也沒有阻撓這件事的打算，就只是這樣而已。」

「換作是我就不會讓妳孤身遊歷在外。即使打破所有規矩，我也要把妳留下來。就像妳拯救了國家一樣，我認為國家也該拯救妳才對。」

「亞蘭朵菈菈……」

亞蘭朵菈菈那雙眼眸噙著淚水。

她的眼神非常悲傷。

「雷德一直不辭辛苦地為隊伍付出，但誰也沒有去追你。」

「那時候的我已經跟不上大家的戰鬥。艾瑞斯的確有他自己的企圖……但把我趕出隊伍的判斷並不失妥當，所以達南和蒂奧德萊沒有立刻來追我也是沒辦法的事啊。」

「沒辦法的事？連你也要這麼說嗎！」

亞蘭朵菈菈的臉逼近我。

近到彼此的臉龐都快碰到了。

「我、我的意思只是不需要責怪達南和蒂奧德萊的判斷啦……」

「就算你真的是累贅，我還是想和你一起旅行啊！我想在你痛苦的時候陪伴在你身邊啊！只因為再也派不上用場就要捨棄一直幫助著大家的人，這種判斷我無法理解！也不想理解！畢竟我們是夥伴啊！」

亞蘭朵菈菈這番話太過直接，我頓時語塞。

「我絕對不會背叛你。」

這句話是出自她的真心吧。

我不知道該如何回應。

「但是，亞蘭朵菈菈——」

莉特代替我出聲。

「妳也要說雷德被趕出隊伍是沒辦法的事嗎？」

「不是的，關於這一點我的看法和妳相同，也唯獨在這一點上我無法接受雷德自己的看法。把雷德趕出隊伍絕對是錯的。」

咦？

「莉特也是這麼認為的吧！」

「當然了！」

「那個，莉特小姐？」

沒想到莉特竟然站在亞蘭朵菈菈那邊，她們兩人同時朝我逼近而來，眼看我就要往後倒下。

這時，露緹緊緊貼上我的後背。

「我會扶著哥哥。」

「呃，這個……」

前有莉特和亞蘭朵菈菈不斷逼近，後有露緹緊抱著不讓我倒下。

「慢、慢著，那個，各位注意一下距離啊。」

在三個美少女的包圍之下——雖然亞蘭朵菈菈只有外表是美少女，實際年齡據說相當驚人——我整個人語無倫次了起來。

「算了，雷德為隊伍做的貢獻有多少，把他趕出隊伍的艾瑞斯錯得有多離譜，這些都回到佐爾丹之後再慢慢聊吧。」

「啊，好。」

「不過呢，亞蘭朵菈菈。」

莉特看向身旁的亞蘭朵菈菈說道：

「把雷德趕出隊伍確實是錯誤的決定，而洛嘉維亞公國或許也該再努力一點讓我留下來也不成問題。儘管如此，我們還是不能去祈萊明。」

「為什麼？」

「因為我們在佐爾丹過得很幸福呀。」

莉特直截了當地這麼說。

「如果是剛被趕出隊伍的雷德、剛離開洛嘉維亞的我，以及還沒和雷德重逢的露緹，可能就會接受妳的提議了。但我們已經得到了幸福的生活，沒錯吧，雷德？」

莉特看著我笑了笑。

她的笑容總是這麼可愛。

「莉特說得沒錯，我在佐爾丹過得很幸福。這是我第一次為自己而活。這裡有莉特和露緹，還有媞瑟、莫格利姆、米絲托慕婆婆，再來是岡茲、坦塔、娜歐、米德、當上冒險者的艾爾、紐曼醫生、家具工匠史托姆桑達、敏可大姊、歐帕菈菈、摩恩，至於戈德溫應該也算在內吧。我和這麼多的佐爾丹居民相處融洽，過得很快樂。我原本選擇佐爾丹是因為在這裡可以隱姓埋名過著寧靜的日子，不過我現在想要在佐爾丹幸福地生活下去。」

「……但是，你可能又會遭到背叛啊。」

亞蘭朵菈菈似乎還是憂心忡忡。

「的確，我不能肯定自己不會遭到背叛。在佐爾丹交到的那些朋友並非英雄級的人物，只是普通人而已，應該不至於不惜任何代價也要守護彼此的友情吧。」

「那何不去我們那裡……！」

「可是，現在的友情和幸福都是貨真價實的。」

這次換亞蘭朵菈菈語塞了。

「他們傍晚時會叫住我，邀我一起去喝酒，要是我說不帶莉特她們一起就不去的話，他們就會在取笑我的同時，臨時改成可以攜家帶眷的餐會。這樣的友誼就讓我感到非常幸福了。」

「我……很擔心你又會受傷。」

「反正妳一時半刻是接受不了的吧？」

「嗯。」

「那麼，妳要不要也在佐爾丹住一陣子看看呢？」

「咦？」

「妳並不趕著去祈萊明吧？既然這樣就別急著下定論，妳先和我們在佐爾丹住一段時間，看看我、莉特、露緹和媞瑟過著什麼樣的生活再決定也不遲啊。」

「……呵呵！」

亞蘭朵菈菈面露溫婉的笑容。

「從前的你是那麼當機立斷，總說拖延是禍害呢。」

「這要視情況而定嘛。不過，我來到這裡之後就很能接受放慢步調的思維了。」

「人類會不斷成長下去，我隨時都會被拋在後頭。」

亞蘭朵菈菈用雙手捧著我的臉。

「好吧，先不談這件事了。相對地，我會在佐爾丹住一段時間，這樣可以嗎？」

「就這麼說定了。」

我和亞蘭朵菈菈對著彼此露齒一笑。

話說回來，記得在王都的時候，我和亞蘭朵菈菈也偶爾會吵架。

「事情說完了。」

露緹從後面用力把我拖走。

亞蘭朵菈菈的手指瞬間從我的臉頰上抽離。

露緹緊緊抱住我，有點不開心地繃著臉。

「結論從一開始就決定好了。」

她這麼嘀咕著。

確實是這樣沒錯。

如果只有我和莉特就算了，但露緹也在。

不同於邊境佐爾丹，祈萊明王國是聯合軍的一員。

如果「勇者」加入那裡，將會嚴重影響到聯合軍內的權力平衡。

要過慢生活是不可能的事情。

「妳說得沒錯。」

我摸了摸露緹的頭。

露緹瞇起眼睛把身體靠過來。

結論的確從一開始就決定好了。畢竟露緹如果不能去祈萊明，我也就不可能離開佐爾丹。

「你們談完了嗎？」

「哇！」

一個嬌小的人影緩緩從暗處現身。

我和莉特當然不用說，連可以透過周圍草木發現隱形者的亞蘭朵菈菈也嚇了一跳。

表情唯一沒變的只有露緹。

「媞、媞瑟，別嚇人啦。」

「那真是失禮了。」

媞瑟面不改色地道了歉。

不對，那是隱隱透露出「能不能快點講完」的表情。

她可能是想稍微整一下亞蘭朵菈菈出氣吧。

「那接下來輪到我的要事了。」

「妳的要事？」

聽到媞瑟這麼說，我看向亞蘭朵菈菈。

不過，一路和媞瑟同行的亞蘭朵菈菈偏著頭，似乎也什麼都沒聽說。

媞瑟「砰！」的一聲，將一張手繪地圖放在我們面前。

「這是？」

「我整理祖各們告訴我的消息後畫的地圖。」

「喔，確實清楚畫出通往寶石巨人聚落的路線呢。話說，這個畫著花型圖案的地方是什麼啊？」

「那裡有溫泉。」

「啊。」

說起來確實有傳聞指出「世界盡頭之壁」有溫泉。

看來媞瑟從祖各那裡打聽到了溫泉的地點。

「從這裡大概要走十到十五分鐘。」

媞瑟面無表情，雙眼倒是熠熠發亮。

她和我們會合之後沒有立即回去，而是跟著我們一起紮營露宿，難道為的就是泡溫泉嗎？

不，她應該還是有在操心我們和亞蘭朵菈菈的事吧。

「那我們一定要去看看呀。」

亞蘭朵菈菈叫道，她的眼睛也閃耀著光芒。

「真是的！既然知道這麼寶貴的消息怎麼不早點告訴我呢！」

「哎呀，亞蘭朵菈菈小姐也喜歡泡澡嗎？」

「當然嘍！」

這麼說來，亞蘭朵菈菈的確很愛乾淨，旅行期間每天都要清洗身體，有河川的話經常跑去沖涼。

她不可能會討厭能更加舒服地洗淨身體的溫泉吧。

「那麼，我和亞蘭朵菈菈小姐要去一趟溫泉。」

「我也要去。」

「哥哥去的話我也去。」

接著，四人看向我。

「溫泉喔，我是很想泡泡看啦……但那是天然溫泉吧？雖然可能已經被魔物整修過就是了。」

不單是人類和妖精覺得泡溫泉很舒服，魔物也一樣，所以有過不少魔物整修溫泉的前例。

只不過——

「不可能有分男浴和女浴吧？」

就算魔物可能整修過溫泉，牠們對於雄雌裸裎相見這件事並不會產生羞恥心。

「那就女性先一起去，然後再輪到男性去怎麼樣？」

「不要～我想跟雷德一起泡溫泉。」

莉特不滿地說。

呃，可是媞瑟也在啊。

「不用顧慮我。我會沉浸在自己的世界專心享受溫泉。」

「也不能這樣說啦，而且除了我之外還有戈德溫和莫格利姆在啊。」

「嗯……這的確不太方便。」

「對吧？」

「啊，但我們泡溫泉時需要有人幫忙注意周遭，所以雷德就跟我們一起去嘛。」

這確實值得擔心。

雖然即使沒穿衣服我也不覺得有魔物打得贏露緹……但我還是希望她們泡溫泉的時候可以忘記這裡是有危險魔物徘徊的深山中，好好放鬆一下。

「這樣的話……好吧，我也一起去。」

「太好了。」

「那麼，大家把東西準備好，我去問一下米絲托慕婆婆。」

我一邊對露緹她們開心地拿出洗漱用具的畫面感到溫馨，一邊往米絲托慕婆婆那邊走去。

米絲托慕婆婆等人察覺到我們要談談往事，便貼心地移動到聲音傳不到的地方設置營地。

我走往篝火亮光的方向，便發現在地墊上打坐的米絲托慕婆婆。

「是雷德嗎？」

閉著眼睛的米絲托慕婆婆叫出我的名字。

莫格利姆正在保養武器，戈德溫則似乎在吃用火烘烤砂糖做成的黃金糖。

「這附近好像有溫泉的樣子。莉特她們待會兒就要去泡澡，我來問米絲托慕婆婆要不要一起去。」

「溫泉嗎？真不錯呢……不過如你所見，我正在恢復魔力。到了這把年紀之後，用掉的魔力真的很難恢復呢。我恢復完畢就要睡了，只能婉謝你們的好意啦。」

「我知道了。」

我看向莫格利姆和戈德溫。

「我累得要命，一步都不想動了。」

戈德溫拒絕道。

「俺是喜歡桑拿啦，泡澡就沒啥興趣……」

莫格利姆含糊地回道。

對了，他不會游泳吧。

「泡個澡又不會溺水。」

「人類和矮人都沒法在水裡呼吸啊。這就表示俺們不該下水。」

「是這樣嗎？」

不過，既然他有在好好洗身體保持清潔就算了。

「俺以前都覺得一星期洗兩次澡就夠了呢。」

「這誰受得了啊。」

「然後老婆每天都狠狠地把俺清洗一遍。」

「簡直像寵物狗一樣。」

「哈哈哈！寵物狗嗎？的確很像啦。不過多虧了老婆，俺已經完全習慣保持清潔了，現在不洗澡還會覺得渾身不對勁咧。」

莫格利姆愉快地露齒一笑。

我和戈德溫也笑了出來，結果米絲托慕婆婆就夾雜著苦笑訓斥我們不要妨礙她集中精神。

「都雷德啦，害俺捱罵了。」

「怪我喔？不過你真的是有個好妻子啊。」

「那當然，俺老婆可是世界第一……實在是好到俺都自愧配不上她。」

「你來『世界盡頭之壁』找材料的事也逃不過她的法眼呢。」

敏可大姊拜託米絲托慕婆婆來幫忙莫格利姆的事情，我也從米絲托慕婆婆那裡聽說過了。

莫格利姆出門前要敏可大姊不用擔心，卻反倒讓她這樣惦念著自己；得知這件事後，莫格利姆那矮小健壯的身體又縮得更小了。

「這樣很好啊。」

我在莫格利姆身旁坐下，拍了拍這位小矮人的後背。

「你想要為敏可大姊盡自己的一切努力，而敏可大姊則為了你拜託米絲托慕婆婆來幫忙。我覺得這是很棒的關係。」

「唔。」

「當然一開始就好好溝通的話，也不用勞煩米絲托慕婆婆追過來，但反正我們已經平安會合了。其實像你們這樣兜著圈子確認彼此心意的做法也很好啊。」

「……唔！說得不錯！俺老婆真的是最棒的！」

「都結婚這麼久了，你和敏可大姊是笨蛋情侶這點永遠不會變呢。」

「你大可向俺們看齊啊。」

「是是是……我們當然無論經過幾年也還會是一對笨蛋情侶啦。」

一道用力咬碎黃金糖的聲音響起。

「欸！這什麼對話啊！就不能顧慮一下在旁邊聽著的我嗎！給我自重一點啦！」

「戈德溫，你生什麼氣啊？」

「我生什麼氣？我當然要生氣啊！」

戈德溫朝我扔了一把地上的沙子。

這傢伙真是讓人頭疼。

「話說，戈德溫你接下來有什麼打算？」

「接下來？我明天要和媞瑟小妹一起下山啊。」

「我是問在那之後的打算。」

越獄的戈德溫現在是逃犯。

這次是米絲托慕婆婆幫了他一把，下次再被抓到大概就得送上絞刑臺了吧。

「咯咯咯，甭再擔心我了。」

戈德溫賊笑著。

「我幫助米絲托慕大師調查危險的『世界盡頭之壁』，並把相關紀錄帶回去將功抵過，他們就不會追究惡魔加護那件事了。」

「不是吧，你的對手不只佐爾丹的司法機關，還有教會那關吧？再怎麼說……」

我瞄了眼米絲托慕婆婆，發現她睜開一隻眼睛露出得意的笑容。

「佐爾丹教會的首領可是我的老戰友啊。」

這麼說來，佐爾丹教會現任首領席彥主教是米絲托慕婆婆過去擔任冒險者時的隊友沒錯。

看來是打算靠關係搓掉了。

「我就是面子大到提出這點不情之請也不成問題啊。」

「啊哈哈……」

不過這裡是佐爾丹，這點程度的輕縱或許剛剛好也說不定。

＊　＊　＊

我叫做媞瑟．迦蘭德，現在是孤高的溫泉獵人。

時值傍晚，地點是前人未曾踏足的大山脈「世界盡頭之壁」。

我正把身體浸泡在乳白色的浴水中享受著溫泉。

「溫泉的溫度偏高，小孩子可能會覺得有點燙，但要把小孩子帶來這種地方也很有難度。」

這裡不是火山，應該是地底埋著火龍(Red Dragon)的骨骸吧？

火龍是現在已不存在的始祖龍(Origin Dragon)之一，相傳曾經作為最強魔物創造出勢力遍及全世界的帝國。

然而在傳說中，當戴密斯神與惡魔上帝(Overlord)爆發戰爭之際，這個非善非惡的存在並未站在任何一方，導致其身軀分裂成兩半，誕生出光之輝龍(Radiant Dragon)與闇之灰龍(Ash Dragon)。

我不確定這個傳說是否屬實，但目前已證實地底埋著火龍骸骨就會出現溫泉或特殊植物。

「不知道這裡發生過什麼樣的戰鬥。如果是因此才有溫泉讓我享受的話，那就向龍的亡魂致上祝福吧。」

雖說這個溫泉很舒服，但真的有點燙。

不過溫泉邊緣擺著石頭，對我這種小個子來說正合適。

坐在石頭上可以讓自己的上半身暴露在外頭的冷空氣之中，下半身則浸泡在溫暖的泉水裡，可謂是完美無缺的泡湯姿勢。

我沐浴著山風，舒服得瞇起眼睛。

「實在太棒了。可以打個高分呢，而且還有全景視野。」

從山上一眼望去是布滿天際的晚霞。

大地與海洋被渲染成鮮明豔麗的赤紅色。

能清楚看見夜色正逐漸蔓延。

彷彿自己成為了天上的存在一般，我不禁「呼」地喟嘆一聲。

「九十五分。唯一美中不足的問題是離佐爾丹太遠了。」

來這裡要四天，而且沿途山路都有佐爾丹周邊無法比擬的強悍魔物四處遊蕩。

這個祕湯簡直隱密過頭。

即使是我也覺得半年來一次就好了。

「真的很可惜。」

但眼下這一刻，這個溫泉就值得滿分一百分。

我用全副身心感受著幸福，盡情享受溫泉。

「還是五個月來一次好了……」

「媞瑟。」

露緹大人在叫我。

將視線從風景轉向溫泉這邊後，便看到露緹大人和亞蘭朵菈菈小姐撥著水走過來。

莉特小姐去叫雷德先生過來一起泡，不過雷德先生平時都那麼光明正大地秀恩愛，卻意外地很有貞操觀念，我猜他應該不會來吧。

「媞瑟。」

「啊，抱歉。怎麼了嗎？」

「我聽亞蘭朵菈菈說，妳跟她打了一場。」

「那件事啊……呃，在那個情況下也沒辦法。對不起，我竟然對露緹大人的夥伴刀劍相向。」

儘管不知情，但我當時已經決定好就算要砍掉她一條手臂也要阻止她。如果米絲托慕婆婆沒來幫忙的話，真不曉得事情會怎麼樣。

「不是的。」

見我道歉，露緹大人搖了搖頭。

然後，她抓住亞蘭朵菈菈小姐的手臂拉過來。

亞蘭朵菈菈小姐帶著認真的表情站到我面前。

「呃？」

「我從露緹那裡聽到很多關於妳的事情……所以，請容我再說一次。」

接著，這位身為勇者夥伴救過許多人的英雄，向我深深地鞠躬。

「我知道妳對露緹而言是多麼重要的人了。我實在不該做出傷害妳的行為，真的很對不起。」

「沒、沒關係啦，反正我和亞蘭朵菈菈小姐最後都沒有受傷呀。」

「我也知道雷德他們很珍惜佐爾丹了。我原本打算破壞那裡的想法，其實就跟打算傷害他們沒兩樣。」

亞蘭朵菈菈小姐維持鞠躬的姿勢繼續說道：

「要是妳沒有阻止我的話，我恐怕會闖下無法挽回的大禍。真的很慶幸妳阻止了我。謝謝妳，媞瑟。」

「佐爾丹的人們也都能理解，沒關係啦。」

亞蘭朵菈菈小姐很誠懇地在道歉和道謝。

儘管我明白這一點……但我們正在泡溫泉，所以亞蘭朵菈菈小姐裸著身子。

豐滿的胸部、纖細的腰肢、臀部的曲線以及修長的大腿。

她向我道歉的時候，就這樣大剌剌地展現高等妖精那勻稱得宛如藝術品的身材。

殺手這一行會遭人怨恨，但不會受到他人道歉或道謝。

因此……不，即使平時遇過別人向自己道歉，面對這種情況還是會感到為難吧。

不過呢——

「我知道了。我接受亞蘭朵菈菈小姐的歉意和謝意，請妳抬起頭吧。」

「謝謝妳。」

她抬起頭露出如釋重負般的笑容，我一看便覺得她果然是個值得雷德先生他們信賴的好人。

後來我們盡情享受著溫泉，並熱絡地聊起和亞蘭朵菈菈小姐分別後，我與露緹大人的冒險故事。

第五章 寶石巨人與寶石獸

次日早上——

我們揮別媞瑟和戈德溫後，繼續在山中趕路。

現在連獸徑都沒有，只能踩著草叢和岩肌前進。

距離寶石巨人的聚落沒有多遠了。

從佐爾丹出發之後，已經過了五天。

抬頭就能看到山頂堆積著皚皚白雪，沐浴在陽光下燦爛閃耀的景致相當美麗。

我沒來由地興起一股非常想去山頂看看的衝動，不過我們當然沒這個計畫，也沒做好相關準備。

「哪有人突然跑來說要加入的，妖精就是這麼蠻橫無理才不受歡迎啦。」

「哎呀，我早在你認識他們之前就是雷德的夥伴了。後來者說的難道不是你嗎？」

「俺不是在說這個！俺們規劃的可是四個人的旅行！妳又不像米絲托慕有做好登山準備，連一件登山用的防寒衣都沒有吧！」

「畢竟趕著來也沒辦法啊。而且雷德有備用的防寒衣就沒問題了。」

「就是這種隨便的態度（妖精作風）讓俺看不下去啦！」

「制定詳細的計畫，但不會被計畫束縛住，這才是妖精的作風。」

亞蘭朵菈菈和莫格利姆一路上都是這副模樣。

以前確實聽說過矮人和高等妖精合不來，只不過沒想到是這麼典型的合不來。

「俺可都聽說了啊，妳想帶雷德他們去祈萊明王國是吧？」

「這件事暫時擱置中，等我體驗過佐爾丹的生活再決定。」

「這種傲慢就是高等妖精的壞毛病啊。比起到處都是高等妖精的地方，絕對是佐爾丹比較好啦。」

「有這種充滿偏見的矮人倒是要扣分呢。」

昨天剛會合的時候，他們都有些緊繃地保持距離；一弄清彼此都沒有非常仇視對方就開始像這樣互開玩笑了。

「我對亞蘭朵菈菈改觀了呢。」

莉特苦笑。

「其實她是很有趣的人。」

亞蘭朵菈菈這個人的個性實在一言難盡。

她是炒熱沉重氣氛的開心果，也會在夥伴快要撐不住的時候以年長者的身分拉他們一把。

然而，她又是那麼自由奔放且任性，反覆無常的脾氣就像貓一樣。

明明自己遭到謾罵時可以冷靜淡然地應對；但只要牽扯到夥伴就會怒火沖天，變得感情用事。

除此之外，還會像現在這樣孩子氣地和別人鬥嘴。

「不過亞蘭朵菈菈無庸置疑是個值得信賴的好人。她是很重要的朋友。」

「嗯，我也很信任她。」

「說起來，妳在討伐魔王軍那一仗之後也跟她變得很要好了耶。她那樣的個性不是導致妳一直和她處不來嗎？」

「呵呵！因為我和亞蘭朵菈菈有共通話題了呀。」

「哦？妳和她有共通話題嗎？會是什麼呢？」

莉特凝眸看著陷入苦思的我。

「我之後可要好好跟亞蘭朵菈菈聊這個話題呢。」

「是、是嗎？」

聽到莉特說得這麼雀躍，我不由得歪起腦袋。

＊　＊　＊

寶石巨人的聚落位於他們建造的寶石礦山入口附近。

巨人種（Giant）可以說是巨人的代名詞，除了飲食之外，還需要從環境中獲得能量才能維持龐大的身軀。

身為上級種的巨人們擁有足以匹敵巨龍的力量，甚至具備比巨龍更高度的社會性；然而勢力範圍相當有限，因為他們一離開出生的環境就會不斷衰弱下去。

據說寶石巨人於寶石切磨加工時能夠獲得能量。

對於他們而言，開採、切磨寶石是生存的必要行為。

「我們不是來對付你們的，而是想做個交易。」

我這麼說道，舉起空無一物的雙手表示沒有敵意。

當我們走近寶石礦山的入口後，三個寶石巨人就把我們包圍了起來。

寶石巨人身高大概三．五公尺，宛如岩石的壯碩身軀上浮現出條紋，有著粗長的眉毛和沒有鬍鬚的圓潤下頜。

他們長得很像人，怪異之處在於雙臂、雙眼以及從雙肩突出的結晶吧。

那雙能夠徒手挖鑿岩盤、加工寶石的手又厚又長，還長著一排和鼴鼠很像的爪子。

他們的雙眼不存在眼黑和眼白，是如同寶石一般的單色眼睛。

至於雙肩則長出類似小翅膀的寶石結晶，他們似乎是用那裡來儲蓄能量。事實上，聽說那個部位可以加工成寶石，因此有很多冒險者會狩獵寶石巨人。

當然，曾有許多冒險者得罪在巨人種裡處於中堅地位的寶石巨人，導致整座城鎮都遭到毀滅。

「滾回去，我們沒興趣搭理你們。」

寶石巨人朝我們舉起右手的爪子說道。

看來是在警戒我們。

「如你們所見，我準備了玻璃。這樣能把我們當客人來對待嗎？」

我拿出玻璃珠後，寶石巨人們都不禁「噢噢！」地感嘆著。

他們顯然動搖了。

玻璃珠對寶石巨人們來說確實是很有價值的珍寶，但我還是第一次見到如此強烈的反應。

可能是因為這裡是「世界盡頭之壁」，他們鮮少有機會得到人類製作的物品吧。

「……過來。」

其中一個寶石巨人說道。

「欸，不覺得情況不太對勁嗎？」

「嗯，那些傢伙有一種走投無路的感覺哪。」

亞蘭朵菈菈和莫格利姆悄聲說道。

他們兩人說得沒錯，寶石巨人看著我們的眼神很不尋常。

我們進入寶石巨人靠雙手挖掘出來的寶石礦山。

我回頭看向米絲托慕婆婆，想拜託她施展照明咒。

這時，背後的壓迫感高漲起來。

我反射性地側身一閃。

下個瞬間，寶石巨人的腳就往我剛才的位置踩了下來。

我欺近寶石巨人身前，掃倒他的雙腿。

失去平衡的寶石巨人倒在地上。

其餘兩個寶石巨人朝我揮起兩隻爪子。

「咕嘎！」

小小一簇火焰灼燒著他們的身體。

寶石巨人們大吃一驚，連忙撲滅身上的火焰。

「竟、竟然是魔法！沒看到有人結印啊！」

無法理解的現象似乎讓他們陷入混亂。

當寶石巨人回神之際，莉特和露緹的劍已經架在他們的脖子上。

「剛才那是魔法保留嗎？」

施展魔法的是米絲托慕婆婆。

那應該是將上級的強力魔法維持在即將發動的狀態，藉此利用多餘的能量作為單純的攻擊魔法發射出去的技術。

儘管不須結印就能施展魔法，代價是只能將火焰和寒氣等能量以箭矢的狀態發射出去，而且不施展維持中的上級魔法就無法發動其他魔法也是缺點，不過足夠像剛才那樣用來欺敵了。

「不靠這種小伎倆的話，魔力可撐不了太久啊。」

米絲托慕婆婆笑著這麼說道；但魔法保留並非技能，而是一種技術。

想學會這招必須具備相應的才能，再加上長年的鑽研。

這也是我頭一次親眼見識到這種技術。縱使佐爾丹是邊境地區，這位守護城市幾十年的老魔法師仍是不負英雄之名的高手。

「給我住手！一群蠢貨！」

一道怒吼聲把整條坑道震得轟轟作響。

從昏暗的坑道裡走出來的，是一個比其他同族大上一圈的強壯寶石巨人。

我起初以為他的怒吼是衝著我們而來，於是伸手按住劍柄；但那個寶石巨人的寶石眼是看著同族的巨人們。

襲擊我們的三個巨人似乎深感慚愧，垂下手臂跪伏在地上。

「我可以當作你沒有攻擊的打算吧？」

聽到我的問話，那個強壯的寶石巨人盤腿坐在地上，接著雙拳撐地深深鞠躬，額頭幾乎要碰到地面。

「人類、高等妖精以及矮人啊，方才多有冒犯還請見諒。」

站起來足足有我們三倍高的高大寶石巨人戰士，現在把頭壓得比我們還低，用這個姿勢道著歉。

對於這幕前所未有的景象，我和莉特面面相覷，不知該如何是好。

* * *

巨人決定地位的思維介於實力主義和年資主義之間。

他們看的是參與戰鬥並倖存下來的次數。

率先逃跑求生的窩囊巨人會遭到懲處，被貶為形同奴隸的身分，不過他們只看重參戰的次數，只要能和族人們並肩作戰到最後一刻，擊敗多少敵人並不是重點。

這種方式可以讓習慣戰鬥、深謀遠慮的人擔任領導者，而不是腕力強大、血氣方剛的年輕人上位，如果力量衰退而逃避應戰，遲早會被其他人取代領導者的地位。

「很抱歉沒什麼東西招待客人，還請各位別感到拘束。」

向我們道歉的強壯寶石巨人是身經百戰的猛將，同時也是這個部族的領導者。

岩盤上鋪著鴞熊毛皮，我們在那上面與這位寶石巨人的族長相對而坐。

裝著透明水的石杯擺在我們面前。

「那就承蒙你的好意了。」

我將杯子裡的水一飲而盡。

水很冰涼，或許是地下水。

「雷德。」

莉特臉色憂心地小聲叫了我一下。

畢竟是剛才突然襲擊過來的對象所端出來的水，她無法放下戒心吧。

「放心啦。」

襲擊我的寶石巨人也沒打算要殺死我，下手有拿捏分寸。

如果他真的有心攻擊，那就應該用爪子刺我，而不是抬腳踩過來。

再來是這個聚落的情形。

每個寶石巨人看起來都精疲力盡，就這樣杵在原地沒什麼動作。

地面散落著動物的骨頭，有大量的進食痕跡。

但單憑進食並不足以讓巨人種維持龐大的力量。

因此對於巨人種而言，進食更接近一種娛樂，除了山丘巨人那種懶惰又隨便的巨人以外，本不該留下這麼多進食痕跡。

「我們是來用玻璃珠和你們交換寶石的。」

「很抱歉……」

「你們先收下玻璃珠吧，就算弄不到寶石也不用還給我。」

周圍的寶石巨人原本一直無精打采地看著我們，這時紛紛興奮地騷動起來。

「且、且慢。」

不過，寶石巨人的族長出聲制止族人們喧譁。

「我們弄不到寶石，不能收下付不出等值報酬的東西。」

這位族長還真是注重人情禮節啊。

「但再這樣下去你的族人都會餓死喔。你們現在沒辦法採集寶石吧？」

「你都知道了嗎？」

「不，我只是從你們的模樣察覺到的，還不曉得到底發生了什麼事。」

我把裝著玻璃珠的袋子全拿出來，一個個擺在族長面前。

「既然付不出等值的報酬，那就把這些當作禮物吧。」

「但是……」

「見到眼前有人在挨餓，有餘力就該伸出援手，這是冒險者的道義。」

「……我明白了。感謝你們寬容地原諒我們的無禮，還在我們窮途末路之際賜與等同上天恩惠的贈禮。人類、高等妖精以及矮人吾友啊，吾在此起誓，只要我等部族不滅，我們的友誼便長存於世。」

其實也不用發這麼重的誓啦。

我能理解對現在的寶石巨人來說，玻璃珠就像沙漠裡的水一樣珍貴，但一袋只要兩枚四分之一佩利銀幣。一個廉價黑曜石飾品的要價就夠買十袋了。

光憑這些玻璃珠，竟然就讓他們發誓部族世世代代都要與我們維繫友誼。

但不這麼做的話，自尊心強的他們應該也不願意收下這些玻璃珠吧。

因此，我的應對方式便是坦然接受寶石巨人的誓言。

「好，那就多多指教了。」

族長雙膝跪地，恭敬地用雙手觸碰我伸出的手。

＊　＊　＊

這個聚落住著三十名左右的寶石巨人。

玻璃珠的數量很充足，現在每個巨人都靈活地使用他們的爪子，將玻璃珠當作寶石切磨加工。

「為什麼……」

露緹低聲嘀咕。

「怎麼了？」

「為什麼戴密斯神要賦予他們這種特性呢？」

「妳是說藉由切磨寶石來獲得能量的特性嗎？」

「嗯，其他巨人也是這樣。鐵巨人和青銅巨人會精煉良質金屬，炎巨人會用火焰破壞文明來獲得能量。但也有像霜巨人和海巨人那樣，只要待在適合自己的環境就能得到能量。」

寶石巨人們喜孜孜地……大概就和飢腸轆轆的人類在享用超厚肉排時的心情一樣，將玻璃球加工得很漂亮。

用人類的價值觀來看，這或許是怪異又不合理的情景。

「這個世界是神所創造的。就像加護一樣，所有生物都是為了某種目的而被創造出來的，巨人也不例外。藉由製作寶石來獲得能量的特性，應該是神基於某種目的賦予巨人的吧？」

「對啊。」

「那哥哥覺得……那個目的是什麼？」

「應該和露緹妳想的一樣，是為了給其他種族打倒寶石巨人的理由吧。」

為什麼神會創造出襲擊人類的魔物？

根據聖方教會的教義，魔物的誕生是要成為供人類升級加護的敵人。

若真是這樣，寶石巨人的特性恐怕也是出於同一種目的吧。

只要打倒這個強大的巨人，就可以得到大量寶石作為戰利品。

「媽媽妳看我切得多好！」

年輕的巨人喊道。

附近的女性巨人看向年輕巨人的手邊，然後摸摸孩子的頭大聲笑了起來。

見狀，露緹微微一笑。

「魔物和人類的價值觀不同。雖然這次的交涉很順利，但通常都是以失敗收場，免不了一戰。不過，魔物存在的目的並不是為了當加護的餌食；至少我是這麼希望的。」

這番話要是傳到教會的異端審判官耳中可能會引發問題。

然而──

「我的想法和妳一樣。」

如果區區教會就能制止露緹的話，魔王軍就不會陷入苦戰了吧。

能束縛住露緹的只有「勇者」，而如今就連「勇者」也無法束縛住露緹的自由。

我點頭認同露緹的一番話，很高興能看到她獲得自由。

＊　＊　＊

約兩小時後。

寶石巨人的族長回到我們這裡。

「抱歉讓各位久等了。」

回來的族長似乎比剛才多了更大一層的壓迫感。

皮膚的光澤和彈性明顯變好，渾身上下都洋溢著活力。

「好久沒有切磨寶石到這麼飽了，我由衷感謝各位。」

「能合你口味真是太好了。」

「嗯，儘管玻璃的雜味稍重，大量切磨會覺得膩，但在空腹的情況下，就算是玻璃也會變得跟鑽石一樣美味啊。」

「呃，嗯嗯，這樣啊。」

這下傷腦筋了。

我對寶石能量的味道毫無頭緒。

見我不知該怎麼回答，亞蘭朵菈菈竊笑起來。

「你恢復得很好嘛，還知道開玩笑了呢。」

亞蘭朵菈菈代替我出面答道。

什麼？玩笑？

「哈哈哈！」

族長聽到亞蘭朵菈菈這麼說便笑了。

「哎呀，抱歉。畢竟很久沒有像現在這樣輕鬆舒暢了。」

「那看來是完全恢復健康了呢。」

「嗯，正如你們所見。」

族長本來的個性就相當幽默吧。

那張布滿戰後舊傷的臉龐彎起上揚的線條，族長始終帶著笑容。

「話說，寶石巨人的聚落竟然會缺寶石，到底發生了什麼事？這一帶的寶石都被採光了嗎？」

「不是的，是礦山裡住著吃寶石的妖怪。」

吃寶石的妖怪？

妖怪這種說法很特殊。

不是魔物(Monster)也不是惡魔(Demon)，而是妖怪。

這是用來形容某種來歷不明、既危險又可怕的存在。

「所以是寶石被吃到你們這些寶石巨人連一顆都搶不到嗎？礦山裡究竟盤踞著多少魔物啊？」

「只有一隻而已。」

「但一隻就吃光山中的礦石也太扯了吧？」

「不僅如此，那妖怪還強到我們寶石巨人聯合其他魔物一起上也完全不是對手，被屠殺得毫無還手的餘地。」

「『世界盡頭之壁』的魔物們竟然無法還擊……」

「我是在這裡出生長大的，所以不清楚跟其他地區比起來級別的落差有多少……但就是無力還擊。我們族裡的戰士也全都犧牲了。」

唔，這趟冒險本來要很悠閒愉快才對……不過看來這裡出現了稱為妖怪也不為過的魔物啊。

＊　＊　＊

我和莉特打頭陣，亞蘭朵菈菈、莫格利姆和米絲托慕擔任中鋒，露緹負責殿後，以這個陣形在寶石巨人的礦山坑道裡前進。

「光是存在就能把周遭寶石和礦石變成鉛的魔物啊……」

莉特偏著頭說道。

我們和寶石巨人打聽到目前所掌握到的消息後，便前去尋找那隻妖怪。

「從來沒聽過呢。」

「未知的魔物吧。」

當然，這世上還有非常多未知的魔物。

「世界盡頭之壁」這種祕境就更不用說了。

「但也不能放任那種魔物不管啊。」

米絲托慕婆婆這麼說道。

「放著不管就會危害到佐爾丹。」

聽亞蘭朵菈菈說，就是那隻妖怪害得祖各森林的樹木衰弱。

那隻妖怪把山中的礦物變成鉛，那些鉛又汙染了地下水，這才造成林木長勢欠佳。

「襲擊我們的土石流也是因為土裡的礦物變質，進而導致地基鬆散的緣故。」

「岩石巨魔也是弄不到鐵礦石才會拿鉛棒當武器吧。」

「我們追趕雷德你們時騎的馬不願接近這座山，可能也是受到了這方面的影響。」

這次的旅行會出問題，基本上都是那傢伙的錯。

「必須在鉛化災情擴散到佐爾丹的東側村落和周邊河川之前解決掉才行。」

「不過，你們沒關係嗎？」

米絲托慕婆婆對走在前頭的我們問道：

「我是佐爾丹的前市長，即使卸任了，我認為自己還是有責任保護佐爾丹。多少有些恣意妄為也無妨，因為我會負責到底。但你們不同吧？這裡已經沒有寶石了，何況對手還是高深莫測的未知魔物。你們沒必要為此拚命不是嗎？」

「就算這樣，我也不認為讓米絲托慕婆婆一個人去是對的。」

我搖搖頭。

「魔法師必須在團隊中才能發揮實力，這不是冒險者的基本觀念嗎？」

「但是啊，這次的對手底細不明，可沒法保證你們能活著回來喔。」

莉特笑了笑。

「這個世界無處不是戰場，本來就沒有什麼性命保障吧？雖然英雄莉特已經不當冒險者了，但這不是我不能為守護佐爾丹而戰的理由。」

露緹也點點頭。

「我現在是佐爾丹的B級冒險者。而且我早就習慣為別人而戰……最近也漸漸能夠接受這一點了。」

亞蘭朵菈菈一邊檢查生成植物時用作媒介的種子一邊說道：

「我得弄清楚佐爾丹是否真的值得雷德他們留下來。所以，要是魔物擾亂了這座城市的和平，我就沒辦法作出公平的判斷了。」

莫格利姆皺眉瞪著亞蘭朵菈菈。

「高等妖精就是這副德性。既然一同旅行至今的夥伴遇到了困難，那出手相助難道還需要其他理由嗎！」

亞蘭朵菈菈也一臉不爽地回嘴道：

「高等妖精和矮人不一樣，我們才不會擺出施恩的態度一一強調那種理所當然的事情呢。」

「不講出來誰知道啊！所以別人才會說高等妖精不可信啊。」

看到這兩人還要繼續這種老套的吵架，我便說著「好啦、好啦」安撫他們。

「反正就是這樣，米絲托慕婆婆就別放在心上了。我們是自願參戰的。」

「……真是的，一群不怕死的傢伙。謝謝，我就代表佐爾丹向你們表達謝意吧。」

畢竟佐爾丹是我們居住的城市啊。

＊　＊　＊

礦山中沒有任何生物。

別說蝙蝠，連昆蟲和苔蘚之類的東西都不存在。

「雷德，這裡聽不到精靈的聲音……我施展不了魔法。」

莉特語氣凝重地說道。

她的「精靈斥候」是藉精靈之力施展魔法的加護，在沒有精靈的地方就沒辦法施展魔法。

亞蘭朵菈菈將手放在牆上，然後搖了搖頭。

「這裡也聽不到植物的聲音。」

「亞蘭朵菈菈也施展不了魔法嗎？」

「我可以生成植物，但其他魔法就不行了。」

「召喚不出大精靈嗎？」

既然如此——

「那治療就要靠露緹了吧。」

「包在我身上。我無論用劍還是魔法都沒問題。」

「比起啥妖精的魔法，到頭來還是鋼鐵之刃最管用啊。」

露緹和莫格利姆看起來都很得意。

「那米絲托慕婆婆……」

「我可以正常使用魔法，只不過礦山裡沒什麼施展大規模魔法的空間。」

「看來只能用近身戰幹掉對手了。」

話是這麼說，但就連擅長近身戰的寶石巨人都打不過那樣的對手。

想必防禦力相當高吧。

「不過，我們的攻擊力比寶石巨人高吧？」

「嗯，應該是這樣。」

露緹是最強的人類。

我和莉特也算是人類最頂尖的劍士。

亞蘭朵菈菈即使沒辦法使用精靈魔法，本身實力也強到足以與巨龍抗衡。

米絲托慕婆婆不僅是「大魔導士」，還是身經百戰的冒險者。

莫格利姆雖然沒有英雄那樣的強度，但應該與寶石巨人不相上下。

這種陣容可不是那麼好找的。

「不要緊，只要和哥哥一起，不管遇到什麼敵人都不會輸。」

露緹看著我說道。

「嗯，沒錯。」

儘管嘴上這麼說，還是隱隱有股不安縈繞在我的內心。

這股不安，就像是接下來要交戰的對手是魔王軍四天王那種強敵。

我們繼續在坑道裡前進。

一路上別說是魔物，連隻蟲子都沒遇到，一行人走在我舉著提燈所照亮的路途上。

然後，那隻怪物現身了。

＊　＊　＊

巨人挖掘的坑道很寬，足夠人類行走。

不過，那個洞穴卻大得不尋常。

感覺可以直接塞進一整座洛嘉維亞的城堡。

我舉著的提燈連天花板都照不到，彷彿月黑之夜一般的黑暗無窮無盡地擴散開來。

「未免也太大了吧……」

我不由得喃喃吐出這句話。

只見一道巨大的黑影正在蠕動，讓這個塞得下城堡的空間都顯得狹窄壓抑。

光是在黑暗中閃爍綠光的眼睛就跟我的身體一樣大，眼睛所在的頭顱更是大得可以吞下整個巨人。

簡直就是頭巨龍……但牠的背上沒有翅膀。

「烏龜。」

露緹歪起頭。

這頭怪物奇大無比，甲殼上鑲嵌著無數寶石，不過外觀就是隻烏龜。

「我還是第一次見到這種魔物。」

「我也是。雖然曾經在洛嘉維亞和各種魔物交手過，但這麼龐大的烏龜還真是前所未見啊。」

「活這麼久我也見識過形形色色的魔物，這種的卻不曾看過。」

露緹、莉特和亞蘭朵菈菈各自這麼說道。

「這就是那隻吃寶石的怪物沒錯吧？」

「應該是。」

莉特和亞蘭朵菈菈相互對視。

莫格利姆和米絲托慕婆婆也一臉困惑。

「沒想到怪物的真面目是隻烏龜，總覺得好失望啊。」

「牠明明正看著我們，卻沒有發動攻擊的跡象呢。」

不對。

「這種情況比較像是看到小蟲子飛進來，不知道該拍死還是無視吧。」

「蟲子？雷德你究竟在說什麼啊？」

「在牠眼中，人類、高等妖精和矮人都跟小蟲子沒兩樣。牠沒有正式名稱，只是根據外觀把牠稱為寶石獸。」

「雷德知道這種魔物啊？」

「在資料上看過而已。那個資料很古老了，我還以為有誇大的成分在，沒想到會是實際存在的魔物。」

關於寶石獸的資料，要追溯到比數百年前的前勇者時代還要早的木妖精時代。

從前有個戰士率領伊庫瓦族這支人類部族與木妖精並肩作戰，其留下的相關紀錄就曾經提到寶石獸。

根據紀錄，寶石獸是破壞木妖精森林的魔物，木妖精為了拯救森林，便召集高等妖精與人類傭兵前去討伐寶石獸。

伊庫瓦族也是軍隊的一分子，借用那個戰士的話來說，軍隊的人馬一路延伸至地平線，放眼望去、目之所及的大地全覆滿戰士們的長槍。

「哦？所以那些戰士是怎麼打倒這種魔物的呢？」

「他們輸了。」

「什麼？」

「參戰的木妖精全體陣亡，伊庫瓦族也只有少數傭兵勉強死裡逃生。這就是唯一與寶石獸有關的資料。」

「也就是說，沒人打倒過這隻魔物嗎？」

「沒錯。」

就連魔王都有被勇者擊敗過的前例。

當然，寶石獸並沒有和「勇者」交戰過。

所以不見得比魔王還要強就是了……

「嚕嚕嚕。」

寶石獸發出與矮胖外表完全相反的清亮叫聲。

但當牠飄蕩著野獸腥羶味張開血盆大口之際，我身上竄過一陣劇烈的惡寒。

「有什麼要來了！」

下一瞬間，寶石獸噴出了白光吐息。

「不要緊，聖靈魔法盾。」

露緹站到我們前面用左手結印。

光輝耀眼的護盾反彈了寶石獸的吐息。

「這是！」

吐息反彈後擊中壁面，結果上面覆蓋了一層晶瑩閃亮的鑽石。

「鑽石吐息？不對，這是把壁面變成了鑽石啊！」

那個吐息會將碰到的物體變成寶石。

遇到生物恐怕也是一樣的吧。

「……糟糕。」

露緹微微蹙眉，面帶憂色地喃喃說道。

她變出來的聖靈魔法盾上出現數不清的裂痕。

「要碎掉了。」

「不會吧，露緹的聖靈魔法盾竟然會碎！」

連艾瑞斯的魔法都擋得住的聖靈魔法盾正在慢慢瓦解。

正當我打算帶著夥伴躲開吐息之際——

「荊棘捆縛！」

亞蘭朵菈菈變出無數荊棘將寶石獸綁了起來。

噴出吐息的嘴巴也被綁住，無處宣洩的壓力在寶石獸口中爆炸，耳朵和眼睛都噴發出鮮血。

「哦哦！妖精，妳很有本事嘛！」

看到亞蘭朵菈菈對這隻龐然巨獸造成傷害，莫格利姆讚嘆地說道。

「唔……」

但亞蘭朵菈菈沒有回應，而是痛苦地單膝跪了下來。

與此同時，她製造的荊棘也轉為褐色，變成乾枯萎縮的模樣。

出其不意的傷害似乎讓寶石獸大為光火，牠高舉右腳準備踩扁亞蘭朵菈菈。

「莉特！」

「交給我吧！」

莉特縱身躍起，用曲劍割裂寶石獸高舉的那隻腳。

疼痛讓寶石獸反射性地縮回舉起的右腳。

那雙巨大的眼睛看向莉特，發出類似刮撓寶石的「嘰嘰嘰」聲響威嚇著她。

「喝！」

趁寶石獸把注意力放在莉特身上的空檔，露緹一擊劈裂牠的左腳。

在縮回右腳的情況下又傷到左腳，只見寶石獸往前傾倒下來。

「雖然我的力量比不上露緹，不過……」

我在寶石獸的頭部下方舉著劍，緊盯著從頭頂落下來的巨大腦袋。

配合寶石獸倒下的時機所揮出的這一劍不只有我的力量，還要再加上寶石獸本身的重量。

我的劍刺進寶石獸的堅韌皮膚將其切割開來，斬斷脖子內的血管。

任何魔物只要具有生命，就會存在生物學上的要害。

就像人類一樣，再小的刃器傷到脖子內的血管也能造成致命傷。

寶石獸的傷口喀唧喀唧地噴出了什麼東西。

「寶、寶石？」

從傷口掉出來的是五顏六色的寶石。

才剛提到具有生命而已，我突然不敢斷定這頭怪物是生物了。

「嘿！」

在被壓扁之前，我用「雷光迅步」從寶石獸的頭部下方逃離。

「真不愧是雷德！」

「這都要多虧莉特、露緹還有亞蘭朵菈菈幫忙掩護啦！剛才那一擊應該起到了效果才對……」

「喂、喂！牠在復元啊！」

莫格利姆指著寶石獸。

我和露緹對牠造成的傷口眼看著即將癒合。

「啊、嗚……！」

亞蘭朵菈菈悶哼倒下。

「唔。」

露緹也攏緊眉頭，似乎在忍耐著什麼。

「魔力全被吸走了。」

她臉色不悅地說道。

原來如此，露緹和亞蘭朵菈菈的魔法之所以被破除，是因為寶石獸吸收了構成魔法的魔力本身嗎？

但不僅是魔法，連施術者用來施展魔法的魔力都一起奪走，這種能力我也從來沒聽說過。

「亞蘭朵菈菈沒事吧！」

「還、還可以。」

那是魔力枯竭造成類似重度過勞的狀態吧。

亞蘭朵菈菈臉色極差。

「露緹呢！」

「忍耐是我的專長。」

露緹應該也和亞蘭朵菈菈一樣……然而她只是表情略顯不快，依然舉著劍。

「雷德！你看周圍的寶石！」

聽到莉特的喊聲我看向四周，便發現寶石獸吐息所製造出的鑽石失去光輝，逐漸變成反射黯淡光芒的鉛塊。

「牠是在吃這些寶石嗎？竟然能用自己的吐息製造寶石，還真是占盡了便宜耶！」

寶石似乎可以促進復元，傷口立刻就痊癒了。

「原來是這樣啊！我就覺得很奇怪，寶石巨人和其他魔物跟牠戰鬥後怎麼都沒有留下屍體！」

那傢伙不只會吃掉土裡的礦石和魔法，還能用那個發光的吐息將生物寶石化，而寶石被吃掉就會變成鉛塊。

「面對這種大塊頭，基本上都是攻擊要害使其出血來削弱力量，但現在不只魔法不管用，牠還能用吐息所製造的寶石恢復力量。這是顛覆一般常識的棘手敵人啊！」

莉特舉著劍這麼喊道。

她說得沒錯，這傢伙比以往交戰過的任何敵人都還要棘手。

「嚕嚕嚕。」

寶石獸抖動著巨大的身軀製造出地鳴聲，開始往倒下的亞蘭朵菈菈前進。

只是在前進而已。

光是如此，再強的戰士都會被輾壓過去吧。

「攔住牠！」

「嗯！」

我和莉特再次衝向寶石獸。

寶石獸用巨大的眼睛瞥了我們一眼。

只見那黑色的眼睛發出紅光。

「什……！」

來自四面八方的荊棘將我和莉特包圍起來。

「這是亞蘭朵菈菈的荊棘捆縛！」

威力也和亞蘭朵菈菈施展的時候一樣，我們沒有閃掉這預料之外的攻勢，就這樣被綁了起來。

「交給我。」

鏗！

露緹縱身越過我們頭上，將劍高舉過頂朝寶石獸襲擊而去。

傳來一聲巨響。

但露緹的攻擊停在半空中，沒有碰到寶石獸。

「我的聖靈魔法盾……！」

懸浮於空中的光盾擋下了露緹的攻擊。

連最強之人的一擊，也被同樣由最強之人創造的防禦魔法給擋住了。

「糟了！」

我們三人的攻擊都被攔截了。

無法再阻止寶石獸前進。

「快……逃！」

亞蘭朵菈菈奮力擠出嗓音對莫格利姆和米絲托慕婆婆喊道。

她自己也想站起來，但似乎雙腿使不上力，動作非常緩慢。

來不及了！

「嚕嚕嚕！」

寶石獸發出哀號。

冰箭刺穿了牠的右眼。

「看來用魔法保留的話，被吸收的果然只有處在維持狀態的上級魔法呢。這倒也不意外，畢竟魔法保留並不是由我直接供給魔力嘛……雖然用一發上級魔法換來幾支冰箭實在划不來，但也顧不得那麼多了！」

「龍獸和寶石獸沒啥兩樣！拿起斧頭狠砍一頓通常就能解決啦！」

米絲托慕婆婆舉起枴杖，莫格利姆則打算善盡戰士的職責站出來保護法師。

在彷彿一座城堡的巨軀面前，老魔法師與矮人的組合簡直不堪一擊。

米絲托慕婆婆造成的傷害也在瞬間痊癒，寶石獸立刻再度開始前進。

但他們兩人並沒有逃走。

「這麼好的表現機會沒道理逃走吧？」

「前有強悍的魔物，後有倒下的夥伴。身為冒險者這時候不趁機耍帥，要等到什麼時候呢？」

米絲托慕婆婆不斷發射冰箭牽制著寶石獸的腳步。

然而，單憑小小的冰箭實在難以阻止巨大的寶石獸前進。

「眼睛、鼻子、耳朵、嘴巴……不管瞄準哪裡都沒用嗎！」

米絲托慕婆婆不愧是老手，面對巨大的寶石獸，她用威力很弱的魔法精準命中要害，試圖對牠造成傷害。

但寶石獸儘管略顯怯意，卻照樣吸收魔力，即刻治好要害的傷勢。

「喝啊啊啊啊！」

莫格利姆威猛一吼，用雙手高高掄起斧頭丟擲出去。

鋼鐵斧頭發出破空低鳴，擊中寶石獸的眉間。

鏘！

傳出尖銳的聲響，斧頭並未刺進去，而是被彈了開來。

寶石獸只是微微歪起頭，看起來沒有受傷。

「唔，要是岩石巨魔的話，這一擊就能收拾掉了啊。」

莫格利姆不甘心地換成綁在背上的長槍。

「已經夠了……你們是沒有勝算的，快逃吧。」

「哼，高等妖精，俺看妳是太習慣在交戰中處於上風了吧。」

「你在說什麼……」

「凡人可是有凡人自己的戰鬥方式啊！」

隨著莫格利姆話音一落，恢復自由的我和莉特就從寶石獸的腳衝上去。

「莫格利姆，太謝謝你了！」

莫格利姆的斧頭擊中寶石獸後，便彈到我們這裡斬斷了荊棘。

「你的皮膚總不會長出荊棘了吧！」

莉特的雙劍斬裂了寶石獸的後腦勺。

「好硬……既然如此就再多砍幾下！」

莉特精準且執拗地攻擊同一處，寶石獸不得不停下腳步，扭動頭想把莉特甩下來。

「就是這個動作！」

我揮劍朝寶石獸的脖子砍下去。

「我不會武技也不會魔法，面對這種形同一身鎧甲的堅韌魔物，光靠通用技能根本沒用，只能設法找出其他對策了。」

就像剛才砍寶石獸的脖子一樣，利用對手的體重也是一種方法。

而現在要施展的劍術則是另一種方法，也就是藉由衝擊力穿透外皮或鎧甲來破壞身體內部。

「嘰！」

寶石獸發出寶石裂開一般的叫聲，停下了動作。

血管在皮膚內側接連斷裂的感覺傳到我手中。

我的攻擊力超越了牠的再生能力。

光靠我的力量應該無法打倒這隻魔物。

然而就算是這種魔物，一旦神經系統受損也會和其他生物一樣失去意識。

即使受損的神經系統會再生，也要多花一段時間才能恢復意識。

儘管寶石獸大概很快就會恢復過來，我這一擊還是讓牠停下一切行動，緩緩地癱倒下去。

「哥哥，我可以使出全力嗎？」

如同預期，寶石獸失去意識後，擋住露緹的聖靈魔法盾也消失了。

「可以啊，讓他們兩人見識到妳的實力也沒關係，妳就盡情發揮吧。」

「嗯。」

露緹平時都會控制力量，怕勇者身分一曝光就會失去這裡的慢生活。

雖說有控制力量，其實還是遠遠超乎常人……不過露緹自認這樣就算是一般的冒險者了。

露緹手上沒有劍。

她只是使勁握起拳頭，跳到了寶石獸的頭上。

「聖靈魔法盾。」

在空中開展的光盾並不是用來保護自己，而是供她蹬腳加速之用。

露緹蹬了一腳背後使出的聖靈魔法盾，挾著利箭一般的勁道衝向寶石獸。

「喝啊啊啊啊啊啊啊！」

她一拳把寶石獸的頭顱轟得爆裂飛散。

寶石獸化為亡骸，大量寶石從頭部爆開後的傷口滿溢而出。

露緹著地的岩盤承受不住重力而碎裂，隨著一陣地鳴響起，地面出現一個巨大的撞擊坑。

「這、這太驚人了。現在的冒險者真是不得了啊。」

用拳頭就把宛如城堡般巨大的魔物打爆的少女。

以一頭栽進凹坑的姿勢倒下的寶石獸。

寶石喀啷作響地在露緹背後堆積起來。

「幹掉了嗎！」

莫格利姆舉著長槍靠近寶石獸。

我和莉特則與他相反，就這樣舉著劍退開以便觀察整體情況。

「你怎麼看？」

莉特向我問道。

「不好說。九頭蛇之類的就算頭被打爆也會再生，但寶石獸的相關資料太少了。」

頭被打爆的寶石獸依然癱在那裡一動也不動。

「這是死掉了吧……噢噢！」

莫格利姆來到露緹身旁，一看到溢出來的寶石就飛撲過去。

「快看啊，雷德，米絲托慕！這是地水晶耶！俺從沒見過這麼大的！」

莫格利姆舉起一顆拳頭大的黃褐色寶石，樂得幾乎要跳起來。

這麼大顆的話，做成小刀也綽綽有餘吧。

「這就是所謂的每件事到頭來都能水到渠成嗎？」

莉特看著莫格利姆說道。

「的確，寶石這麼多，總會有我要的藍寶石吧，而且也足夠寶石巨人的聚落十年不愁生活了。」

「皆大歡喜，可喜可賀。」

我和莉特相視而笑。

「等一下。」

耳邊傳來亞蘭朵菈菈虛弱的聲音。

「亞蘭朵菈菈，妳還撐得住嗎？我看妳先跟米絲托慕婆婆一起離開比較好，畢竟這裡的魔力和精靈都被寶石獸吃掉了，從魔力枯竭的狀態恢復過來要花上一段時間吧？」

「不是的……」

「嗯？怎麼了？」

我聽到了怦通怦通的心跳聲。

彷彿在呼吸一般，有某種東西穿過我們朝寶石獸凝聚而去。

「啊啊！」

莫格利姆哀叫一聲。

他舉起的地水晶失去光輝，變成黯淡的灰色鉛塊。

「牠還活著嗎！」

我舉劍準備砍過去……

轟隆隆轟隆隆！

隨著猛烈的衝擊聲，地面搖晃了起來。

「這次又是什麼！」

「看上面！」

聽到亞蘭朵菈菈的喊聲，我抬頭一看。

原本高到光芒照不到而一片漆黑的天花板上，出現了無數道光束。

「那是什麼？」

光芒四溢，發出巨大的破壞聲撕裂黑暗。

「不會吧！那是流星啊！」

那是艾瑞斯也很拿手的隕石大魔法。

天花板的光是從大洞流瀉進來的陽光。

通常有天花板的地方不能使用這種魔法，然而隕石硬是在山上鑿開大洞直往我們砸下來。

「天花板要崩塌了！」

不只是流星，被流星破壞的礦山天花板也在崩落。

如果露緹和亞蘭朵菈菈還有魔力的話，要擋住應該沒問題……

既然如此，只能祭出最後的手段了。

不過在我行動之前，米絲托慕婆婆已經舉起枴杖指著頭上的流星。

「見識見識我的絕招吧！」

魔力從她全身上下迸發出來。

連發動上級咒語都看不到這麼龐大的魔力。米絲托慕婆婆這是打算把身上所有魔力都消耗殆盡。

「漆黑之血，毀滅之言，貫穿樂園的上帝之槍！末日之刻降臨！惡魔熾焰！」

米絲托慕婆婆的枴杖釋放出黑火。

火焰擊中流星後大舉擴散開來，形成黑色漩渦。

流星和塌落的岩石逐漸遭到黑暗之火吞噬。

「好厲害……」

見到這幕景象，莉特也難掩驚訝。

耗盡全部魔力所釋放的魔法。

像莉特這麼強的冒險者大概都沒見過這種大魔法，連我也只看過一次而已。

為什麼米絲托慕婆婆會用這招魔法？

不，現在先把這種事擱置一邊吧。重點在於，這招魔法的威力應該足以和流星相互抵消。

然而——

「唔，連不是衝自己而來的魔法都能吸收嗎……！」

米絲托慕婆婆神情不快地喃喃說道。

原本在吞噬流星的黑暗之火不斷流向寶石獸那邊。

儘管流星被削減了一半，恐怕仍具備毀掉整座礦山的威力。

明知沒用，莫格利姆還是舉著長槍擋在米絲托慕婆婆前面。

「萬事休矣了嗎！」

他的臉上終於顯露出絕望。

露緹應該能用拳頭打碎流星，但碎片墜落後依然會毀掉我們腳下的地面。

在這個情況下，若想全員生還就必須仰仗魔法的力量。

「……果然只剩那一招了啊。」

莉特對我這句低喃有了反應。

「雷德，你有辦法嗎！」

「有是有……但不確定結果會如何就是了。現在只能放手一搏了吧。」

我做好覺悟。

「莉特，那個……對不起。」

「咦？」

我施展「雷光迅步」奔向亞蘭朵菈菈。

她正咬著牙，對自己的無能為力感到不甘心。

「亞蘭朵菈菈！」

「雷德……！」

我抱住搖搖欲墜的亞蘭朵菈菈。

然後——

「嗯！」

我貼住了她的嘴唇。

按照以前所學，想像自己的體溫與對方的體溫達成一致。

接著想像在體內點燃火焰。

火焰的熱能一點一滴緩緩流進對方體內。

感覺到自己的身體逐漸冷卻就大功告成了……很好！

「呼哈！」

強烈的虛脫感襲來，我移開嘴唇，準備放開亞蘭朵菈菈以免妨礙到她。

但亞蘭朵菈菈用手臂緊緊摟住打算離開的我。

「精靈從天花板的空洞鑽進來了，這樣一定沒問題。」

亞蘭朵菈菈雙眸燦亮，表情恢復活力。

「瑪那的根源，萬物的支配者！巨木大精靈啊！」

地面出現無數荊棘聚集起來化形為魁梧的大精靈。

也許是反映出亞蘭朵菈菈的精神狀態，巨木大精靈發出咆哮，飄散著白色花瓣。

「亞、亞蘭朵菈菈！我的魔力應該沒這麼多！不用召喚這種龐然大物啦，只要能保護大家不受流星傷害就行了！」

「放心吧！這可是你給我的力量啊！」

巨木大精靈伸出數不清的觸手纏住流星。

『噢噢噢噢噢！』

它嚎叫起來。

以前一起冒險的時候，亞蘭朵菈菈也召喚過巨木大精靈，不過這還是我第一次聽到它在嚎叫。

看到復元的亞蘭朵菈菈和她召喚出來的巨木大精靈，米絲托慕婆婆微微一笑。

「我已經到極限了……接下來就交給妳啦。」

米絲托慕婆婆用來阻擋流星的魔法完全消散了。

巨木大精靈的觸手拉住再次下墜的流星。

流星改變軌道不再衝向我們，而是朝著寶石獸降落。

「嚕嚕嚕！」

寶石獸腦袋一縮，躲進鑲嵌著寶石的甲殼中。

流星直接擊中寶石獸，衝擊力讓坑道一陣搖晃。

不僅如此，伴隨劇烈的破碎聲響起，坑道開始崩毀。

我的視野瞬間被沙塵遮蔽住，什麼也看不見了。

＊　＊　＊

泥土「砰」的一聲迸開，我感覺到刺眼的光芒。

擁有四方形身軀的魔像把抱在懷裡的我們放到地上。

這裡是礦山的外面吧。

環顧周遭，我們似乎在山脊的一處懸崖上。儘管十分寬敞，卻沒有下山的路，懸崖下是令人暈眩的絕壁。

「謝謝你啦。」

莉特這麼說道，摸了摸魔像的身體。

魔像是用泥土做成的人偶，因此沒有表情，不過總覺得它受到誇獎很開心。

就像亞蘭朵菈菈召喚得出巨木大精靈一樣，莉特也因為精靈從流星鑿出的空洞進來而召喚出精靈魔像，抱著我們一路鑽到地面上。

亞蘭朵菈菈閉著眼睛，似乎正專注地控制著巨木大精靈。

巨木大精靈和寶石獸都被塌陷的礦山埋了起來，不曉得現在怎麼樣了？

「來了！」

耳朵貼在地面的莫格利姆叫道。

兩道巨大身影撞開岩石，在打鬥的過程中躍出流星造成的大洞。

在頂著藍天的山上，巨木大精靈和甲殼被流星擊碎的寶石獸持續激戰。

巨木大精靈的許多條觸手刺進寶石獸身上，吸收著牠的生命力。

寶石獸似乎也在吸收巨木大精靈的魔力，幾條變色乾枯的觸手無力地垂落在地上。

縱然如此，寶石獸的再生速度也沒有先前那樣急遽。

戰況看起來是巨木大精靈占了上風……不過……

「亞蘭朵菈菈，妳還好吧？」

「……沒、沒事。」

巨木大精靈會從寶石獸身上吸取能量，因此魔力消耗並不致命，但與巨木大精靈連結在一起的亞蘭朵菈菈也正被一點一滴地吸走魔力。

再繼續這樣下去，寶石獸倒下前亞蘭朵菈菈的魔力就會先耗盡，巨木大精靈也會跟著消失。

「必須阻止牠吸收魔力才行啊。」

「哥哥。」

不會魔法的我因為不適應魔力消耗的感覺而腦袋沉重，當我正在拚命轉動思緒時，露緹凝視著自己的手向我說道：

「我應該已經封印了寶石獸的加護才對。」

「嗯？是用『Sin』的力量嗎？」

「嗯。可是，寶石獸只是動作變得有點遲鈍而已。」

「這……應該不可能啊。」

即使魔力吸收和再生是牠與生俱來的能力，但一般不可能在沒有加護強化的情況下達到那麼強的效果。

最重要的是，寶石獸是捱了露緹一拳，加護遭到封印之後才施展流星魔法。

沒有加護是不能使用魔法的。

「我想……」

露緹的視線移向寶石獸。

牠的腦袋已經完全再生，逐漸有壓制巨木大精靈之勢。

「寶石獸擁有很多加護。」

不可能！一個生命只會有一個加護，這是戴密斯神創造這個世界的最大原則。

然而，我眼前的露緹正是兩個加護的持有者。

看來我對這個世界了解得還不夠透澈，才會一口咬定這是不可能的事情。

我對露緹點頭回道：

「所以牠會那麼強，是因為集無數加護的強化於一身嗎？」

有些加護會吸收魔法，例如「魔封劍士」和「竊咒者」。這些已知加護雖然沒有強到足以吸光對手的魔力，但如果是好幾個加護同時發動魔力吸收的話，會有那種犯規的威力也可以理解。

「若是這樣，用野妖精的祕藥來降低加護的技能等級就行了吧。」

我從腰包掏出之前對埃德彌用過的降低加護技能等級的祕藥。

這種祕藥本來的用途是抑制加護的衝動，並不會大幅降低技能等級。

不過，既然那個能力是建立在同時發動多種技能之上，這個祕藥理應可以發揮出極大的功效。

問題在於——

「該怎麼讓牠把藥吃下去吧。」

寶石獸正與巨木大精靈打得難分難解。

必須闖進那場戰鬥，把藥扔到寶石獸的嘴裡才行。

「讓我來。」

露緹握緊拳頭說道。

「不行，我希望妳可以在確定藥有效之後立刻攻擊。要是寶石獸會使用中和毒素的魔法就麻煩了。」

「好。可是，這樣要派誰去扔藥？」

「雖然我想自己去，把魔力分給亞蘭朵菈菈後，我的身體也沒辦法活動自如了。」

莉特倏地舉起手。

「這時候就該我上場了！」

莉特左手握著曲劍，右手朝我伸來。

「我是二刀流，左右手都同樣靈活，邊戰鬥邊投東西沒問題。」

「莉特確實是最適合的人選。」

「包在我身上吧！」

「喂喂喂，你們在說什麼悄悄話啊？」

原本在顧著米絲托慕婆婆的莫格利姆也急匆匆地跑了過來。

「雖然不清楚是要做啥，不過俺可聽到要投東西了啊！這種事該輪到投擲技能專精的俺出馬了吧？」

「唔……」

純論投擲東西的話，莫格利姆的確是這群夥伴裡最厲害的高手。

莉特為了投擲小刀也有學技能並練習過很多次，但那只是彌補遠程攻擊手段不足的輔助技術。

「……莫格利姆就去照顧無法行動的米絲托慕婆婆吧。這邊以莉特為中心，由我和亞蘭朵菈菈負責掩護。」

莫格利姆看起來很不滿。

讓他來扔藥會比較準沒錯，要用那招跳彈投擲讓祕藥彈進寶石獸的嘴裡應該也不成問題。

但我和莉特合作起來比較有默契。

於是我把祕藥交給莉特。

「莫格利姆的投擲技能更強，不過我和莉特心連心，彼此有默契。這比任何技能都還要可靠。」

「是、是喔。真虧你沒喝醉也能理直氣壯地講這種話啊。」

「我只是實話實說嘛。」

莫格利姆噴笑出聲，連連點了點頭。

「都這種時候了，真是服了你這傢伙。明白啦，後方就交給俺吧。」

我和莉特並肩調整呼吸。

「好，漸漸適應了。我的魔力並沒有枯竭，還能行動。」

「我都不曉得有方法能不藉由魔法和技能把魔力分給別人呢。」

「喔、喔，那好像是妖精流傳下來的技術吧。」

「之後再慢慢說給我聽吧。」

莉特笑咪咪的表情很恐怖。

現在要把注意力放在寶石獸身上！

這絕對不是在逃避現實。

「上吧！」

「嗯！」

我和莉特一起衝出去。

首先由我打頭陣。

「亞蘭朵菈菈！」

這麼喊完後，巨木大精靈的一條觸手朝我接近。

我衝上觸手縱身躍起。

在寶石獸和巨木大精靈打得轟轟烈烈之際，我跳到勒住寶石獸脖子的觸手上。

寶石獸一發現我，便張開大嘴想吞掉我。

我奔跑起來與那張血盆大口擦身而過，然後揮劍一閃。

喀嘰！

響起令人不舒服的關節粉碎聲，寶石獸的嘴巴鬆弛無力地張開。

接著，巨木大精靈的觸手伸進牠口中固定住。

顎關節立刻在我眼前開始再生，但嘴巴被好幾條觸手強行固定住，依然無法閉合。

「趁現在！」
用不著我提醒，莉特已經擺好投擲的姿勢。
然而──
「嚕嚕嚕！」
寶石獸噴出閃光吐息。
「莉特！」
吐息直接擊中了莉特和巨木大精靈。
伴隨著迸裂四散的鑽石，巨木大精靈搖晃起來。
在落下的鑽石碎片中，我看到了莉特身上的大衣。
莉特將大衣當作盾牌而倖免於寶石化，並在墜落中投出了祕藥。
在墜落的情況下投擲的角度不太到位。
以這個角度投擲的話，即使扔進嘴裡也會撞到上顎而掉在舌頭上。
不過還有我在。
「不愧是莉特！」
我當即衝出去，用劍身把祕藥拍進寶石獸的喉嚨裡。
牠的喉嚨咕嘟一聲。

一瞬的困惑後，寶石獸的巨軀猶如斷了線的傀儡趴倒在地，響起一陣轟然地鳴。

「這傢伙沒了加護，連站都站不起來嗎？」

這世上竟然有這麼不合理的生物？

寶石獸在地上匍匐爬行，難堪得不像是神創造出來的生物。

「你不是神的造物吧？」

跳到甲殼上的露緹低聲這麼說道。

「刻在甲殼上的編號是古代妖精的文字。你是古代妖精創造的生物。」

露緹閉上眼一會兒。

「把你做成這樣的是古代妖精。要定罪的話，也一定是歸咎於創造出你的古代妖精。但是，我們與你無法共存。」

睜開眼後，露緹的拳頭直直落下。

「我之所以應戰，是為了守護所愛之人生活的這片觸手可及的世界。我已經不是正義的勇者了，這就是屬於我的慢生活。我會憑自身意志去戰鬥，不再被『勇者』強押的正義所束縛。」

寶石獸的巨軀隨著爆炸聲破碎。

無力的身體已無法再生，寶石獸終於受到了致命傷。

然而——

「怎麼會……！」

連露緹也啞然失聲。

那恐怕是執念吧。

寶石獸對準神似創造主的亞蘭朵菈菈，那斷裂的腦袋筆直飛了過去。

牠將殘留在臉頰的吐息噴向亞蘭朵菈菈。

吐息已沒有將亞蘭朵菈菈變成寶石的力量，但足以把魔力耗盡的她轟飛出去。

亞蘭朵菈菈被拋到半空中，飛出了懸崖。

見到這一幕，寶石獸的腦袋這才摔到地上，癱軟地吐出舌頭一動也不動。

「亞蘭朵菈菈抓住這個！」

莫格利姆丟出繩索。

儘管他丟得很準，卻還是太遲了。

來不及抓住繩索的亞蘭朵菈菈墜落下去。

「抓住我的手！」

我用「雷光迅步」衝過去，直接跳下懸崖。

抓住亞蘭朵菈菈的手之後，我將她拉過來抱住，一起墜向崖底。

＊　＊　＊

「沒事吧？」

亞蘭朵菈菈擔心地看著我的腳問道。

我笑了笑要她放心。

「嗯，只是稍微扭到而已。不過還真是驚悚啊。」

我俯視下方說道。

一陣風吹過，遠在下方的草原隨風擺動。

我和亞蘭朵菈菈坐在斷崖絕壁一處小小的凹地。

剛才我使用技能「平緩著地」蹬著崖壁來減速，好不容易才落在這個小凹地上。

「不管因為加護等級而變得多結實強健，就這樣掉下去鐵定瞬間粉身碎骨吧。」

距離崖底恐怕至少有兩百公尺。

這種高度簡直令人頭暈目眩。

「雷德，你們沒事吧？」

上方傳來聲音，是莉特。

「對！我們沒事！正在崖壁上的凹地避難！這裡風大，妳下來時要小心一點！」

「知道了！」

寶石獸確實遭到致命一擊。

已經沒有危險了。

雖然露緹、亞蘭朵菈菈還有米絲托慕婆婆都耗盡了魔力，不過還有莉特在。

莉特施展浮空術的話，想必可以平安降落到這裡。

「接下來就放心地等著吧。」

我用開朗的語氣說道。

亞蘭朵菈菈正凝視著前方的景色。

「好美啊。」

她喃喃說出這句話。

「對啊，真的很美。」

我也這麼回答。

呈現在我們眼前的，是一望無際的碧藍晴天以及綠意盎然的佐爾丹風光。

遠遠可以看到白雲在海洋上方飄浮，緩緩往圍繞著河川建造的佐爾丹移動。

飛龍從草原上翱翔而過，野馬群正在河邊沐浴。

「佐爾丹真是個好地方呢。」

亞蘭朵菈菈笑了笑。

「妳也終於懂了嗎？」

「沒辦法啦，暫且不急著帶你們去祈萊明了。」

「妳還沒完全認同啊？」

「高等妖精的頑固程度可不會輸給矮人喔。」

「的確。明明性格相反，卻在奇怪的點上意氣相投呢。」

「呵呵！不過無論是妖精還是矮人，只要認為這是正確的，都會很樂意接受對方的想法……我漸漸覺得你、莉特和露緹在這裡一定可以過得很幸福。」

我和亞蘭朵菈菈坐著的這塊凹地很窄。

我們在幾乎要碰到彼此肩膀的距離下，眺望著同一片景色。

「吉迪恩。」

亞蘭朵菈菈喊出我過去的名字。

「你現在幸福嗎？」

她問道，視線仍舊看著前方。

「雷德——！」

頭頂傳來了叫聲。

莉特正用魔法慢慢往我們這邊降落。

我揮揮手後，看到莉特露出笑容。

「嗯，我非常幸福喔。」

我這麼回答亞蘭朵菈菈。

＊　＊　＊

莉特抱著我和亞蘭朵菈菈回到懸崖上。

「哥哥，你沒事吧？」

露緹立刻衝過來緊緊抱住我。

其實她很想來救我們吧。

但她的魔力被吸收了，所以就讓給莉特了。

「謝謝妳為我擔心。我沒事，妳看我也沒有受傷啊……只是腳有點扭傷而已。」

「唔……」

露緹來回看著自己的手和我的腳，然後垂下了肩膀。

她似乎是在懊惱沒有魔力可以幫我治療。

我溫柔地摸摸她的頭。

「妳有這份心意我就很高興了。」

我看向寶石獸的亡骸。

那頭讓我們陷入苦戰的魔物，現在成了泛著黯淡光芒的鉛塊。

在戰鬥中被吐息轉化而成的鑽石以及原本堆積在牠身體裡的寶石，似乎全都變成鉛塊了。

「地水晶沒了嗎！」

莫格利姆撥開鉛塊，尋找著完好無損的寶石。

雖然很想幫他，但我現在也需要休息一下。

「唉，累死了。到這把年紀還這樣蠻幹一通，身體實在吃不消啊。」

米絲托慕婆婆已經躺成大字形在休息了。

「但坦白說，我自己來的話根本沒勝算。真是謝謝你們了。」

「大魔導士」是專攻祕術魔法的加護，對上能夠吸收魔力的寶石獸是最不利的。

而且寶石獸的強度足以匹敵從前交戰過的魔王軍四天王——土之戴思蒙德。

要不是有露緹在，不知道會怎麼收場。

「露緹。」

「怎麼了？」

「謝謝妳能一起來。」

「我有幫到哥哥嗎？」

「是啊。如果沒有妳，我可就傷透腦筋了。」

「這樣呀！」

露緹看著我的眼睛開心一笑。

「希望妳今後有空的時候也能陪我一起來。有妳在身邊，對我是非常大的幫助。」

「嗯！我絕對會陪哥哥的！」

露緹欣喜地雙臂使勁，更加用力地抱住我。

我的妹妹好可愛。

雖然腰骨好像發出了聲響，但一想到是露緹高興到無法拿捏力道，這股痛楚也算是凸顯了露緹的可愛之處吧。

我的妹妹真的好可愛。

砰鏘！

彷彿要打斷我們兄妹的寧靜時光似的，耳邊傳來了一道巨響。

我回頭一看，發現莫格利姆摔得四腳朝天。

「怎麼了？」

「雷、雷德！你快過來！」

我輕輕放開露緹，往莫格利姆走過去。

「到底怎麼了啊？」

「你、你看這個。」

「這是……」

莫格利姆手上有一顆拇指大的寶石。

乍看之下是紅寶石，但轉眼間又變換成藍色、黃色和紫色的光芒。

「有寶石沒受損啊？看起來不是地水晶……這個寶石……喂，這該不會是——」

「沒錯！是萬色紅寶石！所有鍛造師的夢想啊！」

莫格利姆就這樣躺在地上興奮地顫抖著。

萬色紅寶石是傳說中的寶石。

據說它具備一切素材的特性，有著鑽石的硬度、鋼鐵的堅韌，可以打造出足以割裂所有物體、耐住所有衝擊的究極武具。

露緹持有的降魔聖劍就是戴密斯神用萬色紅寶石鍛造出來的……這是傳聞所說的，

真實性有待商榷。

這種寶石罕見到流傳著這種傳說，如同莫格利姆說的是所有鍛造師的夢想。

「你確定嗎？」

「俺哪曉得！俺也沒見過真正的萬色紅寶石，有見過的矮人頂多就童話故事裡登場的矮人王而已啊。俺只知道這顆寶石俺從沒見過，而且外觀和傳說中的萬色紅寶石一模一樣！」

莫格利姆猛地跳起來。

「搞不好還有別的！」

說完，莫格利姆氣勢洶洶地檢查起鉛塊山。

「……但比起傳說中的寶石，我更想要適合莉特的寶石啊。」

我小聲嘀咕道，環視了一眼鉛塊山。

然而在目之所及的深灰色中，找不到如同莉特眼眸的天藍色光輝。

＊　＊　＊

我們決定在這裡休息一個小時左右。

在魔力枯竭的狀態下不稍作恢復的話，身體根本動彈不得。
晚點去和寶石巨人說明情況，然後看要留宿在他們的聚落，還是走一小段下山的路再紮營過夜；不管怎樣，今天一定要早點就寢。
這一戰就是把大家都累成這樣。
儘管如此，莫格利姆現在依然努力不懈地尋找著寶石，他的毅力與執念讓我深感敬佩，真不愧是矮人。
至於其他夥伴，露緹正望著天上飄動的雲朵；亞蘭朵菈菈和米絲托慕婆婆則一個拿著柊樹枝閉起眼睛、一個在地墊上打坐，各自集中精神使魔力恢復。
「雷德。」
莉特定定地注視著我。
她的表情和平時不太一樣。
「怎、怎麼了？」
「請你解釋一下那個傳魔力給亞蘭朵菈菈的行為。」
「那是高等妖精流傳下來的技術，不用透過技能和魔法等加護的力量就能把魔力讓渡給別人。方法是接觸彼此的身體，但如果接觸到皮膚較薄的地方，也就是黏膜部位的話，就能大幅提高效率。原理應該類似於魅惑惡魔或吸血鬼的能量汲取吧。純論效率的話，弄傷彼此再讓傷口互相接觸是最有效的，但這種做法又痛又不衛生，會造成很多問題。那個，從現實面來說，我認為嘴對嘴是最好的方法，在那個情況下是必要的措施，就是這樣。」

看到莉特一臉不滿，我著急地解釋道。

「我知道你這麼做一定有原因啦……唔～可是！」

莉特輕輕敲了敲我的胸口。

「我想了解更多你所知道的事情，想了解你的一切。因為跟亞蘭朵菈菈一比，我和你在一起的時間實在太短了……」

「我明白了。莉特。」

「怎麼了？咦！」

我吻住莉特。

和先前那次一樣，我將魔力傳給她。

莉特吃驚得瞪大雙眼，身體隨即放鬆力氣，用迷離的眼神看著我。

時間上應該只過了短短幾秒而已。

鬆開嘴唇後，莉特「呼～」的一聲喘了口氣。

「……這樣妳就更了解我了吧？」

「有股溫暖的力量進入我的體內，好像現在還在裡面四處流竄一樣。」

莉特用力抱緊自己的身體。

「這是……幸福的技術呢！感覺會上癮耶！」

「啊哈哈，妳能喜歡……真是太好了。」

我的視野晃動了一下。

「雷德！」

莉特連忙扶住我。

「雖然這個方法可以把魔力傳給對方，但沒辦法做細微調整。剛才我把自己的魔力全都傳給妳了。」

「咦咦？」

「原來如此，難怪亞蘭朵菈菈和米絲托慕婆婆都動不了。身體完全使不上力啊。」

多虧有莉特扶著，我才勉強維持住姿勢。要是沒有她的話，我恐怕早就倒在地上無法動彈了。

露緹好厲害啊，她剛才都是在這種狀態下戰鬥的嗎？

「雷德！你還好吧！」

「沒有生命危險啦，只是使不上力而已。直接把我放到地上就行了。」

「說什麼放在地上……」

莉特緊緊抱住我。

魔力枯竭也會導致體溫下降嗎？莉特的體溫讓我非常舒服。

好像會不小心睡著。

「不過這下傷腦筋了。我不曉得有什麼訣竅能像露緹她們那樣恢復魔力……可能有一段時間都不能動了。」

「那就讓我扶著你。」

莉特挪動身體換個位置坐，讓我不會感到難受。現在的姿勢變成她從後面抱住我。

「我很重吧？」

「這個重量剛剛好。」

「是嗎？」

總覺得眼皮好沉重。

身體似乎在要求休息，我試圖憑藉精神力來抵抗睡意。

但可能是作為精神力根源的靈魂也在抗議要休息，我實在堅持不住，意識就這樣逐漸遠去。

「沒關係，想睡就睡吧。我會一直陪在你身邊的。」

「……是……嗎……那麼……我就……放心了……」

我連自己回答了什麼都不是很清楚。

我摸著莉特的手，確認這份觸感之後，在安心感的包圍中放開了意識。

＊　＊　＊

「真的睡著了呢。」

雷德表情恬靜，靠在莉特身上呼呼地睡著了。

莉特牢牢抱住雷德，調整位置讓他睡得更舒服，並讓彼此身體緊貼在一起。

「嘿嘿嘿。」

不由自主地發出怪笑聲後，莉特羞紅著臉張望四周的情況。

米絲托慕雖然閉著眼睛，卻像是在憋笑似的揚起嘴角。

露緹正死死盯著莉特。

（不過，露緹也常常仗著是兄妹就抱過來啊！我也想和雷德一直黏在一起嘛！）

莉特的心聲倘若被莫格利姆聽到，他大概會吐槽：「說這啥話，妳和雷德還不總是黏在一起？」然而莫格利姆沒有讀心技能，就算有，他現在這麼沉迷於尋找寶石也聽不

到吧。

因此，莉特的「今後要更加積極地和雷德膩著親熱」這個決心沒有遭到任何人吐槽，暗暗地埋藏進她的心底。

於是，莉特就這樣抱著雷德，來回看著冬季天空與愛人睡顏好一會兒。

那個雷德竟然如此毫無防備地睡在她懷裡。

這讓莉特開心得不得了。

冬天的山風很冷，在戰鬥中丟掉大衣的莉特也感覺到寒意，卻又更凸顯出懷中雷德的體溫，讓她的憐愛之情滿溢而出。

「抱歉，其實我無意造成妳的不安。」

正當陶醉出神之際忽然有人對自己說話，莉特嚇得肩膀抖了一下。

見狀，聲音的主人亞蘭朵菈菈泛起微笑。

「亞蘭朵菈菈，妳別嚇我啦。」

「啊哈哈，但我並沒有消除氣息喔？」

莉特臉色一紅。

這裡明明還是危險的深山中，她卻過度沉浸在與雷德的兩人世界，渾然不察周遭的動靜。

「可以和妳聊幾句嗎？」

看到莉特點頭，亞蘭朵菈菈便在她旁邊坐下。

「魔力讓渡的感覺怎麼樣？」

「什麼怎麼樣……」

「感覺很幸福對吧！」

「嗯、嗯。」

「接受喜歡的人最為純粹的部分，進而轉化為自己的一部分。我想第一個發現這種技術的妖精，必定也是個熱情奔放的人。」

莉特看著雷德露出幸福的笑容。

「嗯，我也一樣這麼覺得呢。這一定不是為了戰鬥，而是為了更美好的感情所誕生的技術。」

亞蘭朵菈菈探頭看了看雷德的睡臉。

「他變了呢。」

「變了？」

「是好的變化。從前的雷德不會在危險深山裡露出這種毫無防備的模樣。而且把魔力讓渡給妳這件事對冒險來說並不是必要的。我認識的雷德絕對不會這麼做。」

亞蘭朵菈菈輕輕撫摸雷德的頭。

「第一次遇見雷德的時候，他還是個見習騎士，當時才九歲而已。小時候的他穿著小孩專用的騎士服走在路上真的好可愛呢。」

「什麼啦，我也好想看喔。」

「我偷偷請人畫了肖像畫，之後拿給妳看。」

亞蘭朵菈菈凝視著雷德的臉龐。

「從那時候開始，年幼的雷德就表現得比任何侍童和侍從都還要亮眼。接二連三地接下危險的任務，沒有值班的日子就作為冒險者應戰……為了有朝一日要展開旅程的妹妹，他想盡可能讓自己變得更強。」

「這件事我曾聽說過，但沒想到竟然這麼努力……」

「當然，有那段日子才有現在的雷德。但比起當一個不停應戰的英雄，我更希望他單純當個雷德去找到自己的幸福。」

「亞蘭朵菈菈。」

亞蘭朵菈菈臉上流露燦爛的笑意，宛如鮮花盛綻一般明豔。

「我本來以為雷德被趕出勇者隊伍之後一定很痛苦。因為他這一路的戰鬥，全是為了幫助露緹的旅行，卻連這一點也遭到剝奪，不知他該有多麼絕望。不過我錯了！畢竟還有妳陪在我的摯友身邊呀！」

「其實這要多虧妳替我加油打氣。」

「是指幻惑森林時的事情嗎？」

「嗯。我一直覺得雷德是超越勇者的完美英雄。但就像妳說的，雷德也有不懂的事和少根筋的地方，而這些都讓我覺得非常可愛，讓我變得更加喜歡他。」

「果然跟我想得一樣。雷德喜歡的人是莉特真是太好了。」

也許是太過感動，亞蘭朵菈菈突然吻了莉特一下。

莉特驚得睜圓雙眼，感到有些混亂……接著她想起對高等妖精來說，這點小動作也是一種表現出強烈親暱之情的肢體接觸。

亞蘭朵菈菈即使早已融入人類社會，在情緒高昂時依然會展現出高等妖精的天性。

莉特思忖一下。

「我想我還是不能去祈萊明。」

「是嗎？祈萊明也是好地方喔。」

「因為……」

莉特用力抱緊雷德。

「雷德的嘴唇只能是我一人的。」

她小聲這麼嘟囔道。

＊　＊　＊

我醒來後，太陽已經西斜大半。

本來只打算休息一小時，但看來是偷閒了好一段時間。

對於倉皇失措的我，大家只是笑著說：「這裡景色這麼棒，不需要急著走啦。」

在我睡著的時候，莉特的魔像們勤勞地挖出一條路通往被掩埋的坑道。

儘管只是個小洞，不過足夠讓人通過，我們膝蓋沾滿汙泥地順利回到了坑道。

穿過坑道回到寶石巨人的聚落，我們說出寶石獸已被消滅一事，寶石巨人們都非常震驚，而莫格利姆拿出萬色紅寶石當作討伐的證據後，他們又嚇了一跳。

接著就是這趟旅途的第二次宴會。

「竟然又參加了一次魔物的宴會，雖然別人都叫我英雄莉特，但這種旅行還是頭一遭呢。展開慢生活之後反而才能體驗到這種前所未聞的旅行，感覺真是不可思議。」

「有些事物只能在不倉促趕往目的地的情況下，才有機會邂逅吧。」

我和莉特聊著天。

擺在我們眼前的，是從人類的角度來看也覺得分量偏少的料理。

寶石巨人們沒有農業相關的知識與技術，在這種險峻高山打獵想必也獵不到太多的動物。

今天的料理是蒸烤山菜野鳥肉，上面淋著把樹果磨碎製成的醬汁。

料理本身沒什麼特別之處。

不過，器皿和擺盤方式的妙趣倒是很吸引人。

器皿似乎是用我們帶來的玻璃加工做成的，小小的器皿像寶石一樣閃爍發光。

而料理則井然有序地盛在這些玻璃器皿上，彷彿描繪著幾何學圖案，在美麗的打燈效果下，讓平凡無奇的料理呈現出盛情款待的感覺。

手巧的寶石巨人才端得出這樣的料理。

「好有趣。」

露緹看著第一次吃到的巨人料理，開心地享用起來。

大家都吃得很高興，唯獨莫格利姆悶悶不快地垂著頭。

「莫格利姆，你怎麼啦？」

「唔，沒啥……」

見莫格利姆欲言又止，米絲托慕婆婆和亞蘭朵菈菈也擔心地問道：

「怎麼了，身體不舒服嗎？」

「是不是哪裡受傷了？」

莫格利姆看著她們兩人，露出無精打采的表情。

「雖然打倒了寶石獸，但這一帶的寶石不是都被牠吃光了嗎？俺在想這些寶石巨人以後要怎麼辦。」

到頭來，從寶石獸那裡取回的就只有一顆萬色紅寶石。

就算把這顆寶石給寶石巨人，也無法滿足他們所有人的能量需求。

「客人不用為這件事煩心。」

寶石巨人的族長語調歡快地說道：

「拿你們送的玻璃湊合著用的話，夠撐一陣子了。只要在這段期間找到新的寶石礦脈就行，要是沒找到就算了。我們已經足夠幸運了。若掌握不住機會，那就當是我們的命吧。」

「可是……」

看著在背後樂呵呵笑著的寶石巨人眷族，莫格利姆垂下頭。

「俺想為你們做點什麼啊。」

米絲托慕婆婆也雙臂環胸陷入思索。

忽然間，我看著盛裝料理的玻璃器皿靈光一閃。

「欸，莉特，米絲托慕婆婆，莫格利姆。像這種加工過的玻璃啊，你們覺得在佐爾丹可以賣多少錢？」

「這個嘛，品質這麼好的話，算得便宜點也要10佩利左右吧。」

「這些確實很值錢，但會有旅行商人特地跑來這種地方收購嗎？要是讓寶石巨人去人類居住的村莊也會引起大騷亂，行不通的。」

「委託厲害的冒險者運送可得付更貴的運費哪。」

米絲托慕婆婆和莫格利姆都說得很有道理。

不過——

「米絲托慕婆婆，如果是送到祖各的聚落呢？」

「祖各的聚落嗎？原來如此啊……這倒可行。」

「雷德，什麼意思？」

祖各明明有食用肉的需求卻說不懂得做生意，是因為牠們無法理解拿酒和食用肉兩種不同的東西比價交易的行為。

不了解行情價的祖各很難和商人交涉。

「從佐爾丹帶玻璃交給祖各的聚落，寶石巨人用獵到的食用肉和祖各交換玻璃，然後切磨玻璃來補充能量，再把加工後的玻璃交給祖各。最後由佐爾丹收下加工後的玻璃，將帶來的食用肉交給祖各。」

如此一來，便可以將「世界盡頭之壁」的危險旅途託付給寶石巨人，至於不懂得做生意的祖各只負責保管對牠們來說毫無價值的玻璃，也不用為交易傷腦筋，遵照一開始定下的規則就能得到食用肉。

而寶石巨人們可以定期得到玻璃，這樣也能解決飢荒問題了吧。

「如果寶石巨人們之後找到新的寶石礦脈，就可以在交易中加入寶石，而祖各們對於做生意有更深一層理解的話，牠們應該也會把酒和蕈菇拿出來做交易。

此外，來佐爾丹賺錢的商人要是開始定期往來於東邊的官道，想必商人公會也願意出錢解決官道周邊的哥布林和魔物。這樣東邊的幾個村莊也能恢復寧靜了。」

「照這樣說，我可以拜託認識的商人，還能幫戈德溫那傢伙找到工作……感覺會很順利呢。」

說完，米絲托慕婆婆點了點頭。

「這主意很棒啊！一切問題都解決嘍！」

莫格利姆鼓起掌來，開心得彷彿自己才是當事人。

在大聲叫喊的莫格利姆的說明之下，寶石巨人們似乎也理解過來了，他們踏響腳步表達喜悅之情。

「小小吾友啊，祝福的引導者啊，願光明照亮諸位的旅途！」

在這天的宴會上，我才知道寶石巨人也擁有高興時會唱歌的文化。

第六章 旅行結束與冬至祭開始

「「我回來了！」」

我和莉特開門同時說道。

佐爾丹平民區這間熟悉的自家店舖，裡頭當然沒有人在。

我們互看彼此。

「「歡迎回家！」」

一起說完，我們笑了笑。

「呼～先整理一下行李吧。」

「也對。」

我們放下行李後，取出髒衣物和剩下的保久食品。

「結果還是沒找到要送給妳的藍寶石……」

儘管莫格利姆說一切問題都解決了，但最重要的藍寶石並沒有找到；我本來要用那個做成訂婚戒指送給莉特。

「不過，玩得好開心喲。」

莉特這麼說道，然後抱住了我。

「我們一起在草原上吃飯！在魔物的聚落受到款待！看到了美麗的風景！跟好久不見的朋友重逢！大家一起泡了溫泉！這趟旅途充滿了歡笑呢！」

我也用力回抱莉特。

「我也很開心啊。」

而後，我有些猶豫要不要把心中的打算說出來。

「怎麼啦？」

莉特察覺到我臉色不太對，便這麼問道。

每當我在傷腦筋的時候，她總是看得出來。

「呃，我本來想說沒找到藍寶石的話，就用事先請人家預留的藍瑪瑙做戒指……」

不過，適合莉特的寶石非藍寶石莫屬。

「一開始我覺得這樣就好了。但看到莫格利姆為了敏可大姊堅持跑一趟『世界盡頭之壁』，還帶著萬色紅寶石回來……」

「嗯。」

「我就覺得慢生活並不代表要過著妥協的人生。迂迴也好，我行我素也罷，對自己而言最棒的人生才是所謂的慢生活。所以，那個……我希望妳能再等一下戒指。我也不想在跟妳有關的事情上妥協。」

「我知道了。」

莉特立刻答道。

「可以嗎？」

「當然嘍！雷德真是的，竟然這麼認真地在為我著想。」

「這是一定要的啊。畢竟事關我的莉特嘛。」

「嘿嘿嘿。那就沒關係，我會等的。更何況——」

莉特凝視著我說：

「在等待的期間，我和你也會一直在一起吧？」

「沒錯，我們會一直在一起喔。」

我們依偎著彼此，就這樣擁抱了一會兒。

莉特忽然抬起頭來。

「一起洗澡吧？現在只有我們兩個而已，可以吧？」

「好、好啊。」

明明這趟旅行是一起去的，但在看到莉特喜悅的笑容之後，我才確切感受到自己回到了佐爾丹。

＊　＊　＊

這天的冬季天空蔚藍澄淨，晴空萬里。

今天是阿瓦隆大陸的冬至祭。

冬至祭是在白天最短的十二月期間舉行的慶典，人們會驅逐在這天降世的新生「凜冬惡魔」，並向戴密斯神及希望的守護者維克堤獻上豬肉、麵包和葡萄酒以祈禱豐收與和平，一同慶祝春天的來臨。

「莉特，準備好了嗎？」

「嗯，來了。」

在寢室換衣服的莉特探出頭。

「好看嗎？」

莉特臉龐微微泛紅，穿著禮服轉了一圈。

禮服的裙襬一下子飛揚起來，隱約可見裙下的健美大腿。

「嗯，非常適合妳耶。」

「嘿嘿嘿。」

莉特高興地朝我撲抱過來。

她今天沒有圍著方巾，而是絲綢圍巾。從脖子的打結處垂到胸前的圍巾兩端繡著色彩鮮明的花朵，相當符合莉特的氣質。

「這件大衣也很適合雷德喲。」

「是嗎？」

見我害羞，莉特開心地笑了笑，摟在我腰上的手一用力，將胸部緊緊地貼了過來。

那柔軟的胸部觸感讓我有些慌亂。

看到我這副模樣，她笑得更開心了。

「洛嘉維亞不是也快要迎接冬至祭了嗎？」

「這麼說來的確是呢。」

「雖然那時候忍住了，其實我很想和你一起享受洛嘉維亞的冬至祭。」

當時我們才剛救下洛嘉維亞就必須趕往下一個對抗魔王軍的前線，也就是東北卡塔法克托王國的門戶都市希倫。聽說有拒絕協助阿瓦隆尼亞的煽動者在希倫煽動其他民眾，我們必須前去解決那個問題才行。

在惡魔的煽動下，暴民們把城裡的冬至祭弄得一片腥風血雨，讓我不是很想回憶那場戰役。

「那麼，我們去參加慶典吧。」

「嗯！」

莉特放開環在我腰上的手，又立刻勾住我的左臂。

「唔……好，那就走吧！」

我猶豫了一下，不過慶典的時候挽挽手不為過吧。

於是我和莉特手挽著手，走向慶典中的平民區。

＊　＊　＊

一般認為沒有驅逐掉「凜冬惡魔」的話，那一年的冬季就會延長，造成春季歉收。

而負責驅趕凜冬惡魔的是受到維克提加持的「聖者」和「龍騎士」。

一整天會不斷上演驅趕「凜冬惡魔」的戲碼，城鎮居民或村民會變裝，分別扮演「龍騎士」坐在以一身黃金鱗片的黃金龍獸為造型的花車上，以及手拿維克提的象徵——三叉槍的「聖者」，還有戴著山羊頭的「凜冬惡魔」。

「龍騎士」和「聖者」會輪流由不同的居民扮演，然而「凜冬惡魔」始終都是同一人扮演。

「凜冬惡魔」穿著沉甸甸的服裝，一整天都在四處走動、瘋狂跳舞、大肆作亂，到最後就會精疲力盡得難以動彈。

這時「龍騎士」要用劍貫穿「凜冬惡魔」，然後「凜冬惡魔」會腳步踉蹌地逃向城外。這就是慶典主要活動的流程。

總之，為了讓「凜冬惡魔」感到疲憊，冬至祭鼓勵大家盡情載歌載舞、大玩特玩。

「喲，雷德！玩得開心嗎！」

已經喝得醉醺醺的半妖精岡茲頂著漲紅的臉找我攀談。他身旁的坦塔滿臉雀躍的光采，正在跟一塊很大的糖霜麵包苦戰。

「喲，岡茲。你心情很不錯嘛。」

「那是當然的啦，今天可是慶典耶，大家都放下工作休息了。而且明天會宿醉，所以也要放假！」

「你明天還要放假喔？」

「天氣這麼冷，誰工作得下去啊？」

其實也有很勤奮的半妖精，但佐爾丹的半妖精似乎沒一個符合。

「不愧是舅舅！」

聽到岡茲這種在負面意義上很有男子氣概的宣言後，坦塔雙眼都晶燦燦地發光了。
不行，再這樣下去坦塔也會變成廢柴大人。
「坦塔，我明天可是會正常地工作喔。」
「咦～？放假嘛。我想跟大家一起去釣魚。」
「啊，聽起來不錯耶。」
「對吧！」
「喂，莉特……」
連莉特也興沖沖地附和，三人齊聲「放假嘛♪」地唱起歌來。
別唱了啦，周遭的人都在看耶！
「好好好，反正佐爾丹明天八成也一片懶散，那就放個假去河邊釣魚吧。」
「「「耶～！」」」
坦塔就算了，連岡茲和莉特也孩子氣地高舉雙臂歡呼。
真是敗給他們了……
「耶～」
這時，背後傳來語調平靜，卻是在模仿莉特他們歡呼的聲音。
我轉頭一看，發現露緹和媞瑟兩人都面無表情地舉起雙手歡呼。

「咦？露緹和媞瑟也要放假嗎？」

「因為哥哥要放假啊。」

「只有我們要工作太不公平了。」

我的天啊，連露緹和媞瑟也變成廢柴大人了。

「好期待明天喲。」

聽莉特這麼說，我垂下肩膀笑了笑。

算了，畢竟這裡可是怠惰城市佐爾丹啊。

「對啊。」

看到我點頭，廢柴大人們再次「耶～」地歡呼起來。

＊　＊　＊

同樣是佐爾丹，各區的居民結構大相逕庭。

因此，每一區的冬至祭景象又各有一番不同的樂趣。

平民區會有成排的攤販賣一些炸肉串、炸魚、炸馬鈴薯、培根萵苣三明治、糖果、甜麵包、木雕玩具和中古雜貨等五花八門的商品，只不過並不算便宜。

「那我們去找媽媽嘍。」

坦塔和岡茲要去跟米德和娜歐夫婦會合。

「再見啦，雷德哥哥。今天你多撒嬌一點沒關係，大家不會笑你的。」

「真沒禮貌耶，我什麼時候撒嬌了？」

「一直都是啊！」

說完，坦塔和岡茲笑著走向傳來魯特琴聲的廣場。

「呼～話說，我們要吃什麼好呢？」

「嗯……」

露緹快步走到我右邊，然後握住了我的手。

「我也想跟哥哥牽手。」

她臉龐微紅地說道。

「嗯，可以啊。那就這樣走吧。」

我左手挽著莉特，右手牽著露緹，在眾目睽睽下帶著有點羞恥的心情逛著慶典。

＊　＊　＊

「記得是約在這裡碰面啊。」

我們四個在人們熙來攘往享受慶典的廣場張望起來。

「啊，找到了、找到了！」

一道雀躍的嗓音傳來，只見銀色的頭髮在人群裡躍動飛揚。

亞蘭朵菈菈從人群中擠到了我們面前。

「呼，能找到你們真是太好了。」

亞蘭朵菈菈安心地長舒一口氣。

她和我們不一樣，還是穿著平時的衣服。

「我啊……」

大概是察覺到我的視線，亞蘭朵菈菈鼓起臉頰說道：

「其實我原本也想穿禮服的，但根本沒那個時間。」

「畢竟現在才準備禮服也來不及了嘛。不過，那對耳環很適合妳喔。」

亞蘭朵菈菈的表情瞬間明亮起來。

「不愧是雷德，竟然注意到了呢。」

她可能是來不及準備禮服，所以想說至少戴個飾品吧。

一對鑲著寶石的耳環在亞蘭朵菈菈的長耳上晃動。

「話說回來，人真的好多呢。明明是邊境，我都不知道這裡原來是這麼朝氣蓬勃的地方。」

「啊哈哈，邊境遇到慶典時也會很熱鬧啊。而且不是只有人而已吧？」

在我所示意的方向上，住在佐爾丹的矮人們正拉著花車，上面載著與龍對戰的矮人人偶。

「有矮人、半妖精、高等妖精，還有許多住在佐爾丹的各種半人類，大家都在今天的慶典玩得很開心。」

莫格利姆坐在花車上。

「這時，英雄用矮人之斧狠狠砍中魔龍的逆鱗！」

他一邊敲鐘一邊講述矮人的故事。

「後來！」

噹噹地敲響鐘之後，莫格利姆轉動起旁邊的握把。

只見龍一分為二倒下，取而代之登場的是穿著禮服的人類女性。

斧頭從英雄矮人手上離去，換成了一束花。

「矮人不僅成為英雄，還爭取到矮人王的同意，讓他和所愛之人一起生活下去！」

一陣鼓掌聲響起。

這花車竟然可以改變布景，不愧是矮人，真是手巧。

我看向鼓掌的人群，發現敏可大姊也在其中。

「我都不曉得矮人原來喜歡浪漫的愛情故事。」

亞蘭朵菈菈說道。

「畢竟高等妖精和矮人之間沒什麼機會交流彼此的文化嘛。」

「嗯，雖然覺得自己活的年歲夠長了，但不了解的事情還是很多呢。」

「那麼，接下來要不要去了解一下那個攤位的熱狗腸味道？」

「當然要啊！那好吃嗎？」

「嗯，味道棒極了！」

「那我們得在大排長龍之前買到才行！」

亞蘭朵菈菈拉起我的手，開心地這麼說道。

＊　＊　＊

在港區，船員們在停泊的船上用家鄉的做法來慶祝冬至祭，各自玩得很熱鬧。

「哦，那個看起來是從維羅尼亞的外地來的，我猜是科瓦西諾酋長國吧。」

小小的舞臺上，褐色肌膚的男性水手正轉著魚叉跳舞。

那是現在已從屬於維羅尼亞南方科瓦西諾人的舞蹈。

「哥哥，你對科瓦西諾很了解嗎？跟我一起旅行時沒去過那裡吧？」

「我還在騎士團的時候，有個任務是要去科瓦西諾討伐不淨龍，所以有一段時間被派到那裡工作，順便協助科瓦西諾的親阿瓦隆尼亞派。」

當時，海賊王統治的維羅尼亞王國急速擴展規模，讓許多小國想跟歷史悠久的阿瓦隆尼亞王國及弗蘭伯格王國締結邦交以求庇蔭。

在魔王軍開始侵略之前，各國諸侯和議員們一致認為維羅尼亞王國才是阿瓦隆大陸的威脅。

「科瓦西諾是濱海城市。位於近海的科瓦西諾島和大陸這邊的海港有密切的經濟文化交流，形同兩座城市合二為一。每天都有十班以上的定期船來往於兩岸，載物和載客的都有。」

船員拿的魚叉就是科瓦西諾最具代表性的武器。

科瓦西諾以漁業為中心發展起來，當地的勇敢漁夫們還會狩獵海龍(Sea Drake)，這在其他地方是看不到的活動。

縱使犧牲者源源不絕，但聽說從前漁夫們倘若想要成為族長，必須坐著一艘划槳船去討伐海龍證明自身實力，當時他們使用的武器就是魚叉。

現在的族長是經由投票選出的，不過族長在就任儀式上要身兼划槳船的船長去近海捕魚，藉由這種形式保留昔日作戰的影子。

「哦？說起科瓦西諾這個城市，我只在地圖上看過而已，原來那裡有這麼豐富的歷史啊。」

「每座城市都有自己的歷史嘛。」

當然，佐爾丹也不例外。

「露緹！媞瑟！」

「嗯？」

有人叫著露緹的名字。

只見一名高等妖精從黑輪攤跑出來。

「歐帕菈菈。」

那是經營黑輪攤的高等妖精歐帕菈菈。

她之前被露緹和媞瑟救過，似乎從那以後就跟她們兩個成為了好朋友。

歐帕菈菈分別給露緹和媞瑟一個親暱的擁抱。

接著，她注意到了亞蘭朵菈菈。

「這位高等妖精……之前沒見過呢。」

「我是亞蘭朵菈菈。請多指教，歐帕菈菈小姐。」

「妳、妳好，亞蘭朵菈菈大人。我很高興見到尊貴的首都妖精。」

歐帕菈菈有點不太對勁。

「歐帕菈菈，妳怎麼啦？」

歐帕菈菈猛地抓住我的肩膀，把我從亞蘭朵菈菈旁邊拉走之後小聲說道：

「雷、雷德老兄！我怎麼沒聽說過你認識祈萊明妖精啊！」

「祈萊明妖精？」

「我們妖精是用出身城鎮的名稱來稱呼彼此的。我在佐爾丹出生就叫佐爾丹妖精，而亞蘭朵菈菈小姐是祈萊明出身，所以她是祈萊明妖精！」

「妳竟然看得出她的出身啊？」

「同樣是高等妖精可以憑感覺知道啦！而且祈萊明妖精在高等妖精當中也比較特別！像我這種邊境出身的鄉巴佬會不會被瞧不起啊……」

「應該不會吧？亞蘭朵菈菈是我的好朋友，再說她在外面住得還比較久呢。」

「我說啊！」

亞蘭朵菈菈對交頭接耳的我們出聲搭話。

「歐帕菈菈小姐，雖然我是祈萊明出身，但這不代表什麼。」

「呃，是。」

「況且，我很喜歡佐爾丹這個城市喔。我本來還邀請了雷德他們跟我去祈萊明，他們卻反倒告訴我佐爾丹更好呢。」

「是的！這座城市是個好地方！我不知道跟其他城市比起來怎麼樣，想來也一定跟祈萊明的美麗與雄偉沒得比。不過，我就是很喜歡這座城市！」

也許是說完才回過神來，歐帕菈菈紅著臉垂下頭。

我記得歐帕菈菈大概四十五歲，在人類之間經常表現出長輩的風範，沒想到在亞蘭朵菈菈面前會有這樣的一面。

第一次看到兩個住在不同城市的高等妖精相見，這讓我感到很有意思。

「亞蘭朵菈菈。」

見歐帕菈菈不知所措，露緹插口說道：

「歐帕菈菈是很厲害的妖精，她做的黑輪非常好吃。妳也嘗嘗看吧。」

「真的嗎？那我一定要嘗嘗看了！」

「我不確定合不合尊貴的首都妖精口味……」

「歐帕菈菈，不要緊的。亞蘭朵菈菈是我的朋友，朋友之間講話不需要這樣。」

「可是……」

「露緹說得沒錯。而且我也想在妳接手的黑輪攤好好享用一餐美食呢。」

「好、好的，這是我的榮幸！」

「妳本來在黑輪攤也不是這樣說話的吧？不用顧慮我，像平時一樣煮黑輪就好了。否則我還是沒辦法了解佐爾丹的黑輪攤。」

聽亞蘭朵菈菈這麼說，歐帕菈菈繃緊神情。

畢竟歐帕菈菈是因為太著迷於這個黑輪攤，才會直接跟打算退休的老闆商量接手的問題。

想必她對黑輪攤有很強的執著吧。

「我明白了……既然妳都說到這分上，我再不答應就太掃興了！那麼，攤位就在那邊！過來吧！」

雖然好像還有點緊張，但歐帕菈菈已經恢復平常的語氣，劈里啪啦地說完一整串。

亞蘭朵菈菈感到有趣似的笑了笑，然後我們在歐帕菈菈的催促下坐在攤位椅子上。

「妳今天在這裡開店啊？」

「平時開店的地方被慶典的裝飾物占走了。這已經變成每年的慣例就是了。」

「這樣啊。」

「你們想吃什麼！今天進了一批很棒的章魚呢，另外也很推薦魚丸喔。」

用黑輪湯煮章魚嗎？

「聽起來不錯，我就來一份吧，還要牛蒡。」

「我要章魚和雞蛋。」

「我和露緹大人一樣。然後魚丸、花枝丸、白蘿蔔和竹輪各來兩份。」

最後莉特煩惱一會兒，點了章魚、牛蒡、雞蛋、魚丸、花枝丸、白蘿蔔和牛筋。

「妳點好多喔。」

「因為看起來都很好吃嘛。」

「亞蘭朵菈菈呢？」

「這個嘛，我就和雷德點一樣的吧。我要章魚和牛蒡，再來一份魚丸。」

「沒問題！」

我們又點了酒，喝得微醺的莉特津津有味地享用著黑輪。

媞瑟的眼神比平常燦亮幾分，嘴裡的竹輪把臉頰撐得鼓鼓的，看起來很幸福。

「好好吃。」

「真的很好吃耶！祈萊明可找不到這樣的滋味呢。」

露緹和亞蘭朵菈菈也一臉滿足。

聽到她們這麼說，歐帕菈菈高興地笑了起來。

本來只打算坐一下而已，不知不覺又加點了其他東西。

「話說海鮮類變多了耶。」

「對啊，最近海鮮的流通量好像增加了。多虧如此才買得到便宜又新鮮的食材，真是太好了。」

「哦？」

「冬天的魚很美味啊。雖然不是黑輪，不過我可以做鹽烤鮮魚喔。」

「好耶，那就吃吃看吧。」

完全變成午間套餐了。

大白天就在黑輪攤喝酒吃黑輪，這種慢生活未免也太奢侈了吧！

歐帕菈菈取出幾根正在加熱黑輪的木炭，放進爐灶後在上面蓋一張鐵絲網。

接著，她俐落地處理肥美的黃雞魚，用布擦乾水分再撒鹽。佐爾丹的鹽並不有名，但我覺得品質滿好的。

撒上適量食鹽的魚肉塊排列在鐵絲網上，烤魚的香味隨著滋滋聲響一同傳來。

「烤好啦。」

放在盤子上的烤魚呈現鮮明的棕褐色。

「看起來好好吃。」

露緹立刻用叉子剔掉魚骨吃下去。

「味道如何？」

露緹那平靜的眼眸瞬間動搖起來。

「是嗎！太好了！來，這是多的，再吃一塊吧！」

歐帕菈菈似乎光是這樣就明白了我的想法，她開心地烤起其餘的魚肉塊。

「真是太好了呢。」

莉特看著露緹她們的模樣，臉上泛起溫柔笑意。

「對啊。」

我也發自內心地認同她這句話。

＊　　＊　　＊

我們在港區待了很久，不過時間還很充裕。

「對了，『凜冬惡魔』現在跑到哪兒去了？」

「這個時間的話，應該是在北區吧。」

算是慶典主角的「凜冬惡魔」會沿著固定路線在城裡巡遊。然而這裡是懶散隨便的佐爾丹，計畫終究只是計畫而已。

「反正也吃飽了，不用太趕，我們去北區的下一站中央區慢慢等吧。」

「好啊，也可以。」

「那就這麼決定了。」

平時為了躲避冬天的寒意，佐爾丹人都會把自己包得圓滾滾地窩在家裡，但今天大家都在外面歡鬧喧騰。

衛兵拿著喇叭吹奏得精采動聽，而南沼區的盜賊們則配合地踏起輕快的舞步。

魔法師公會的魔法師們發射翱翔於天際的龍形煙火，討厭念書的孩子們想知道那是怎麼做到的，便纏著魔法師們要求講解。

半獸人們邊走路邊敲著太鼓。源自暗黑大陸的太鼓與三弦小提琴交織出活潑明快的樂音。

平時看不起半獸人的年輕人類們也跟在他們後面快樂地跳著舞。

轉了一個彎，便看見半妖精們用木製妖精豎笛（Elven Flute）吹奏出清爽悅耳的音樂，連中央區的貴族們也佇足聆聽，沉浸在優美的音色中。

半妖精們的前面擺著一個倒蓋的碗，表示今天的演奏不用給錢。

因此聽眾對他們報以熱烈的掌聲。

「謝謝大家。」

於是，半妖精再次拿起豎笛，讓滿心期待下一首曲子的人們聽得如痴如醉。

＊　　＊　　＊

「嗯？那是戈德溫吧。」

「真的耶，那傢伙就這樣露臉大搖大擺地走在外面沒問題嗎？而且衣服感覺也滿高級的。」

在享受慶典的喧鬧人群中，我和亞蘭朵菈菈發現了一隻手拿著酒喝得不亦樂乎的戈德溫。

「嗯？哦哦！雷德、莉特、露緹、媞瑟還有亞蘭朵菈菈小姐……」

戈德溫一看到我們，便有些踉踉蹌蹌地走了過來。

接著，媞瑟肩上的憂憂先生倏地抬起牠的前腳。

「喲，憂憂先生！」

戈德溫也舉起杯子回應。

他那張壞蛋臉露出燦爛無比的笑容。

「哈哈！憂憂先生也要好好享受佐爾丹的慶典喲。」

「喂，雖然聽說米絲托慕婆婆幫忙讓你不被問罪了，但你這樣光明正大地走在外面不會有事嗎？」

「呵、呵呵，我已經不是那個下三濫的罪犯戈德溫了啦。」

戈德溫裝模作樣地亮出他的領口。

在那上面的是——

「那不是商人公會的徽章嗎？你現在是商人喔？」

順道提一下，我也隸屬商人公會，徽章平時都放在家裡，不會戴在身上。

「沒錯！我沒必要再暗地裡偷偷摸摸地賺錢了！我現在負責管理佐爾丹和祖各們之間的生意喔。」

語畢，戈德溫挺起了胸膛。

「原來是這樣啊。確實對你來說，在佐爾丹周邊官道出沒的魔物並不是對手，而且也跟祖各們見過面了。」

「我本來是盜賊公會的一分子，還是惡名昭彰的畢格霍克派系要員。這可是把那些想暗中阻撓的傢伙都給嚇退了。」

儘管戈德溫應該沒有嗅出新商機的專業知識，不過照他這樣說的話，這份工作確實很適合他。

「從今以後，我戈德溫就要以商人的身分堂堂正正地走在陽光下啦。」

戈德溫看起來很開心，但亞蘭朵菈菈往前一站，他的笑容就僵住了。

「妳、妳幹嘛啊……」

「戈德溫。」

「是、是！」

亞蘭朵菈菈握緊拳頭。

這個動作讓戈德溫臉上顯露恐懼。

只見亞蘭朵菈菈手中出現了一朵黃花。

「恭喜你。身為一起旅行過的同伴，我祝你功成名就。」

「啊，咦？」

亞蘭朵菈菈把花遞給驚得愣住的戈德溫。

「噢，好，謝啦。」

大概是沒想到她會幫他加油吧。

戈德溫撓撓頭……

「嘿、嘿嘿，被人家祝福功成名就的感覺也挺不錯的嘛。」

說完，他笑了笑。

＊　＊　＊

佐爾丹有五座教堂，分別座落在每一區。

不過，中央區以外的教堂都是用民居稍加改建的木造教堂。當然了，沒有人會說這樣不好。

戴密斯神與三使徒並不會要求祈禱場所要非常華麗。哪怕是南沼區那種破舊的教堂也不成問題。

「但為什麼人還是想建造這種豪華的教堂呢？」

我們在教堂外面等著「凜冬惡魔」。除了我們之外，也有許多人準備和「凜冬惡魔」一起跳舞。

佐爾丹中央區的教堂是擁有兩座尖塔的大教堂，正殿是拱形天花板。昂貴的花窗玻璃灑下神聖莊嚴的光芒照亮內部，還有以宗教作為題材的繪畫和雕像並列展示。

「聽說佐爾丹的木匠打造不出這種教堂啊。」

「這是當然的吧。」

聽到我這麼說，莉特便點點頭。

為了蓋這座教堂，佐爾丹當局特地從外地請來建築師負責建造工程。

「不過就算這樣，跟王都的大聖堂比起來還是很簡樸就是了。」

憂憂先生在媞瑟的肩膀上蹦蹦跳跳。

「憂憂先生說，這個建築物看起來很值得一爬。」

「啊哈哈，在憂憂先生眼中倒成了體育設施嗎？」

我們笑了起來，憂憂先生則想要逗樂大家似的歪著腦袋跳舞。

「我想……」

露緹抬頭看著教堂開口說：

「需要它的並不是神，而是我們吧。」

「豪華的教堂嗎？」

「我們必須在美麗的場所才能感受到美麗的事物。雖然神不介意是什麼樣的場所，但我們需要一個整備完善的環境作為禱告的場所，這是我自己的想法。」

我看向教堂門上的雕刻。

上面描繪著七名惡魔畏懼戴密斯神的光輝正在逃跑的模樣。

「否定加護的七惡魔啊。」

相傳那七名惡魔的罪名是鼓吹人們否定加護導致世界大亂，因而被打下七層地獄，分別在那裡承受永遠的責罰。

一般認為其中有惡魔擁有女性外貌，因此能夠公然創作裸女畫，讓這個題材在藝術家之間備受青睞。

當我們正看著教堂之際，教堂的門忽然開啟，傳出有人拄著枴杖走出來的聲音。

「哎呀，你們也來啦。」

「米絲托慕婆婆。」

縱使身邊圍繞著一群把中央風的華麗服飾重重穿戴在身上的貴族，米絲托慕婆婆依然和旅行時一樣穿著沒有裝飾的樸素銀蠶長袍。

「露緹、媞瑟和亞蘭朵菈菈都是頭一次參加佐爾丹的冬至祭吧？妳們要玩得開心一點喔。」

「已經玩得很開心啦。佐爾丹這座城市很有趣呢。我還是第一次聽到人類、妖精、矮人和獸人的合奏，真是大飽耳福呢。」

「即使種族不同，大家同樣都是其他地方容不下的天涯淪落人嘛。」

亞蘭朵菈菈與米絲托慕婆婆和睦地交談起來。

聽說她們剛見面的時候還大打出手，但看著她們如今的模樣，實在很難想像會有那種事。

「啊，我現在還有其他同伴呢。其實我接下來要跟各種不同的人續攤啦。」

這麼說著，米絲托慕婆婆聳肩笑了笑。

「也就只有米絲托慕婆婆能把跟貴族見面說成續攤吧？」

「畢竟是在熟悉的老地方喝酒，難道不是續攤嗎？」

「這麼說好像滿有道理的？」

「哈哈哈，大家沒忘記我這個平時不露面的老太婆，還帶著我到處走走逛逛已經很讓我感激啦，更別說還有免費的美酒可以享用呢。那麼，畢竟不好讓別人等太久，我就先告辭了。」

「好，米絲托慕婆婆要注意身體別喝太多啊。」

「在喝酒這方面我也是老手啦！……和你們一起旅行很愉快喔。之後也想和你們喝個幾杯回憶那趟旅行呢。」

米絲托慕婆婆揮了揮手後，回到了貴族們那裡。

她是佐爾丹前市長，也是佐爾丹魔法師公會的前會長，還是上一代B級冒險者隊伍的隊長。

與這位擁有各種頭銜的佐爾丹英雄一起旅行，也讓我非常愉快。

「是啊，你說得沒錯，確實是一趟愉快的旅行。」

亞蘭朵菈菈臉色柔和地輕聲說道。

「啊，雷德！『凜冬惡魔』來嘍！」

背後傳來莉特的喊聲。

「噢。」

只見戴著山羊頭，全身裹著黑布的「凜冬惡魔」東倒西歪地……才怪，他腳步穩健地走了過來。

照理說是從早上跳舞跳到現在的，看來今年的「凜冬惡魔」體力很不錯。

而在他背後坐著花車追過來的是「龍騎士」和「聖者」。

「站住！『凜冬惡魔』啊，與在下一決勝負吧！」

「龍騎士」賣弄般地跳下裝著紙糊龍頭的花車，甩動起他的模型長槍。

他的動作看起來相當危險，但「凜冬惡魔」以搞笑又誇張的方式迴避，跳來跳去東奔西竄。

「真猛耶，那副打扮居然還能這麼靈活。」

「龍騎士」僅僅穿著用上過色的木片製成的道具鎧甲；反倒是「凜冬惡魔」的山羊頭骨面具和罩住全身的厚布會造成行動不便，然而那身手簡直好得令人移不開眼。

縱使「龍騎士」威勢十足，卻有種被耍著玩的感覺，不知不覺觀眾都笑成了一片。

這時——

「嗯？」

「龍騎士」看向我們，停下了動作。

話說，他的嗓音有點熟悉。

「哦哦！妳是那位親愛的女武神(Valkyria)啊！」

「龍騎士」腳步急促地朝露緹走過來。

接著，他摘下頭盔，露出留著鬍子的真面目。

露緹看了看他的臉。

「……你是誰？」

她偏過頭。

「就、就那天嘛！在橋上拿長槍跟妳交過手的騎士啊！」

「？？？」

喔……我想起來了。這傢伙就是那個擋在橋上給人添麻煩的盜賊騎士。我記得他叫做奧托吧。

但露緹似乎完全想不起來，只是皺眉偏著頭。

「露緹大人，他就是我們來佐爾丹的路上被妳丟下橋的騎士。」

「啊。」

露緹敲一下手。

「哦哦，終於想起在下了嗎！在下為『龍騎士』奧托，在光榮的法夫納騎士團擔任第一隊的隊長。」

「沒有，我只是想起好像有這麼回事而已。你長什麼模樣我完全不記得。」

露緹講話真是不留情啊。奧托那傢伙可是陷入了沮喪喔。

「話說能在這裡相遇簡直是命中注定啊。這是戴密斯大人的指引。來，讓我們攜手打敗『凜冬惡魔』，再去討伐山丘巨人達塔克，一起成為貴族吧！」

這麼說完，奧托伸出手。

不過，他的手被我抓住了。

「嗨。」

「你做什……啊，你是那個時候的卑鄙小人。」

「誰是卑鄙小人啊，你這傢伙。」

「偷襲正是卑鄙的行徑！」

「不是吧，先攻擊我的是你耶。而且還沒穿衣服。」

一想起當時的情景，我的好興致都被破壞殆盡了。

而且我之所以抓住他，除了不想讓他碰到露緹之外，有一部分原因也是為了他好。

「……唔。」

露緹臉上明顯浮現不悅之色，儘管奧托應該沒看出來。

要是奧托現在去碰露緹的手，八成會被她全力推開。雖然只是被推開，但那畢竟是人類最強的一記推擊。

就算保守估計，最起碼也會飛到對面的牆壁上，弄得全身骨折送醫住幾個月才能痊癒吧。

「放開啦，該死的卑鄙小人，非得吃點苦頭才知道厲害嗎？」

「哼。」

「好痛！」

奧托試圖甩掉我，於是我壓住他的腕關節。

他眼眶含淚，拚命拍打我的手臂服軟。

「在、在下投降啦！」

「我又沒在跟你比試。」

「你、你生氣了喔？」

「沒有啊。」

奧托「噫噫噫噫！」難堪地尖叫著，周遭的人們忍不住捧腹大笑起來。

不行，這樣太引人注目了。

不得已之下，我只好放開奧托的手。

「你、你這卑鄙小人！敢不敢跟我堂堂正正一決勝負！」

「咦～」

我究竟哪裡卑鄙了？

然後莉特、露緹和亞蘭朵菈菈為什麼都做起熱身運動了？

太小題大作了，這三人上場的話，就跟用牛刀來殺雞沒兩樣。

就在這時，一道巨大黑影突然站到奧托背後。那是「凜冬惡魔」。

「呃噫！」

那隻粗厚的手猛敲了一下奧托的腦袋。

光是如此，奧托整個人就被打趴在地上。

接著，「凜冬惡魔」抓住奧托的脖子緩緩拖走。

「咦，你該不會是達南吧？」

聽到我這麼問，「凜冬惡魔」回過頭，隔著山羊頭對我眨起一隻眼。

這傢伙明明還在療養中，跑出來搞什麼啊！

回到中央後，「聖者」像是對奧托擅自亂跑感到很生氣，作勢要狠揍他一頓。

那滑稽的動作把觀眾逗得哈哈大笑，現場氣氛熱鬧不已。

＊　＊　＊

夕陽下，精疲力盡的「凜冬惡魔」一副老神在在的模樣逃出城外之後，慶典便宣告結束。

在尾聲之際，為了祈禱春天早日到來，便會鼓勵參與慶典的人們盡可能享受當下的每一刻。

佐爾丹人生性就是注重當下，所以在嚴冬裡盡情享樂的冬至祭很符合這裡的人文風情。在季節性的慶典中，我覺得冬至祭最熱鬧歡騰。

「欸欸欸，聽說貴族子弟都在那邊跳舞呢。」

「真假？那我也去看看好了！」

「大家一起去啦，釣個金龜婿吧！」

三名年輕女性這麼說著便跑走了。其中似乎也有已經在為未來做打算的佐爾丹人。

正當我想著這種事情時，亞蘭朵菈菈拍了拍我的肩膀。

「雷德、莉特、露緹、媞瑟、憂憂先生，今天謝謝大家，我玩得非常開心。」

「嗯？妳現在就要回旅館了嗎？」

「還沒，只是想說回去前見個朋友。」

「朋友？那好吧。好久沒和妳一起逛慶典了，我也很開心。」

「我也很高興能和亞蘭朵菈菈聊這麼多呢。不過關於雷德的事我還有很多想說的和想問的，下次就我們兩人一起吃個午餐吧！」

「我還是勇者的時候並沒有辦法做這些事。能了解亞蘭朵菈菈這麼多我所不知道的一面真是太好了。」

「憂憂先生也說牠很開心。當然我也是。」

亞蘭朵菈菈揚起喜悅的笑容。

「嗯，我接下來會在佐爾丹住一段時間，下次再一起玩吧。」

說完，亞蘭朵菈菈便依依不捨地幾度回頭揮手，與我們道別了。

＊　＊　＊

夕陽即將沉落。

佐爾丹的人們不斷跳著舞，像是捨不得今天就要結束。

媞瑟把憂憂先生放在掌心上，目不轉睛地看著牠在指間爬來爬去。

縱使沉浸在自己的世界裡，但從表情和動作來看，媞瑟和憂憂先生也很享受祭典的氣氛。

當我看著媞瑟他們時，有人拉了拉我的衣服。那個人是露緹。

「哥哥，今天謝謝你。」

露緹這麼說完，臉上浮現笑容。

「我很開心。」

我摸了摸露緹的頭，她則瞇起眼睛接受我的撫摸。

「不過還有一件事沒做呢。」

「咦？」

我牽起露緹的手，她的臉龐泛起淡淡紅暈。

「一起跳舞吧？」

「我和哥哥？……可以嗎？」

「兄妹一起跳舞哪會有什麼問題。」

露緹轉頭看向莉特，莉特便笑著揮揮手鼓勵她去。

「可是，我最後一次在冬至祭跳舞，已經是哥哥加入騎士團之前的事了。我跳得並不好喔。」

我拉起她的手作為回應。

「重點不是跳得好不好，而是要跳得開心。」

一般認為惡魔討厭喜悅之情。當然，與魔王軍交手過的我們知道那只是迷信。然而就算是迷信，如果能成為我們現在享樂的理由，那就沒必要否定它了。

「來吧。」

「……嗯。」

我伸出左手後，露緹看起來有些猶豫，但還是緊緊握住了我的手。

佐爾丹的樂師們正演奏著輕快的春天樂曲。半妖精們用的木笛相傳是木妖精過去所使用的豎笛，正確的名稱沒有流傳下來，大家只管稱作妖精豎笛。

木妖精們沒什麼做紀錄的習慣，有許多未解之謎；不過根據人類留下的紀錄，木妖精們會練習用笛音向戀人示愛。

半妖精們沒有那樣的習慣，純粹當作樂器來吹奏優美的音色。

我和露緹配合豎笛和小提琴的旋律，跳著簡單但快樂的舞步。

我們手牽著手不停跳舞。在夕陽的映照下，露緹的臉龐染上緋色，但是看起來相當愉快。

「這樣沒關係嗎？」

「怎麼了？」

「我變得這麼幸福是能被容許的嗎？」

「我容許妳啊。妳這一路為了無數人的幸福而受盡傷痛，現在也該輪到妳獲得幸福了吧？」

在跳舞的時候，露緹始終凝視著我。

我環抱住露緹的腰，抱起她旋轉起來。

我一直都希望露緹能夠得到幸福。

因為比起「勇者」，她更是我的妹妹。看到她作為「勇者」不斷承受傷痛，讓我的內心相當煎熬。

而且，沒辦法成為露緹的助力，我也對自己的無能為力感到很不甘心。

「哥哥，謝——」

「謝謝妳。」

「咦？」

我打斷想要道謝的露緹。

「謝謝妳找到了幸福。」

「啊，嗚……」

在熱淚盈眶的露緹陪伴下，我們兄妹一同度過慶典的尾聲。

尾聲
「一起賴床吧？」

揮別露緹、媞瑟和亞蘭朵菈菈之後，我和莉特回到家裡。

「冬至祭就這樣結束了呢。」

莉特有些落寞地說道。

「明年還有呀。」

「明年也一起過嗎？」

「一起過啊。」

「後年呢？」

「一起。」

「嘿嘿嘿。」

莉特喜孜孜地笑著，摟住了我的脖子。

然後她閉上眼睛，微微抬起下巴。

「嗯～」

這聲音似乎在催促我。

內心為莉特的可愛舉動感到心跳加速的同時，我在她的唇上落下一吻。

雙唇分離後，莉特露出幸福的笑容。

我忍住想要二話不說再多吻她幾次的衝動，從口袋拿出一個小盒子。

「這是什麼？」

「禮物。」

「給我的？我可以打開嗎？」

莉特退後一些以便接過盒子。

在看到內容物之後，她揚聲叫道：

「項鍊！而且這是鑽石吧！」

放在盒子裡的是鑽石項鍊。

鍊子並非純金打造，但這是以黃金為基底混合銀和銅的玫瑰金。

如同其名，銅色閃耀出近似粉紅色的光輝。

「鍊子是請莫格利姆做的。」

「但這個鑽石……」

「其實跟寶石獸交戰的過程中，有顆寶石跑進了我的口袋。雖然其他寶石都變成鉛塊了，不過打倒寶石獸的時候，我和亞蘭朵菈菈不是一起掉下懸崖了嗎？所以這顆鑽石就倖存了下來，沒有變成鉛。」

莉特拿起項鍊。

「呃，那個，我曾經答應過總有一天要送妳訂婚戒指。現在做出這個就是我的極限了，但算是表明我的決心，之後一定會為妳做出戒指的。」

「所以是訂婚項鍊嗎？」

「嗯。」

莉特把項鍊遞給我。

難道她不喜歡嗎？

「幫我戴上。」

「啊，好，原來是這樣，我明白了。」

我將項鍊扣在莉特的頸後。

莉特的呼吸拂過我的脖子，讓我內心充滿害臊和憐愛之情。

「好看嗎？」

「嗯，很適合妳……真漂亮。」

「討厭啦！」

莉特撲進我懷裡，低著頭像是想要遮住臉。

「雷德你很賊耶！」

「什麼很賊……」

「嘴上說下次再送我戒指卻還準備了這種禮物，太賊了！我最喜歡你了！」

莉特不斷喊著「太賊了、太賊了」，並緊緊抱住我。

「讓我喜歡你喜歡得不得了，這件事你得負責。」

「什麼負責，妳想讓我怎麼負責啊？」

莉特將嘴唇貼近我耳邊。

「……明天一起賴床吧？」

她在我耳邊細聲說道，我身上頓時竄過一股令腦袋發麻的快感。

「我覺得妳也滿賊的喔。」

我不禁擁緊莉特感受著她的身體，打從心底感謝能和她共度這樣的幸福日常。

＊　＊　＊

冬至祭結束當晚，佐爾丹港區——

喧鬧的人群不是回家，就是找間酒館享受慶典過後的時光。

「呼，和貴族吃頓飯真是拖得又臭又長。」

拄著枴杖走在夜路上的是「大魔導士」米絲托慕。

「不過，料理倒是很好吃。沒想到當初小不隆咚的威爾小弟如今成為將軍了啊。」

曾經大鬧著要去王都加入巴哈姆特騎士團，讓父母傷透腦筋的那個少年，現在是佐爾丹軍的司令官。

那纖瘦的身體完全長成具有威嚴的中年男性體格，從前總愛模仿騎士使用武人的用字遣詞，現在也澈底變成貴族的口吻了。

儘管如此，與她握過的那隻手因為每天揮劍而變得厚實，那上面依稀殘留著過去追夢少年說要成為騎士的影子。

「不過這趟旅途還真是愉快呢。最近很懶得外出走動，沒想到偶爾來佐爾丹看看居然能有那種特別的際遇。」

然而——米絲托慕想到這裡，用手扶著腰。

「痛痛痛……本來以為腰腿夠硬朗，結果爬完山就開始腰痛。」

至於和寶石巨人以及祖各之間的交易，多虧有手腕高明的代理人幫忙處理，接下來只要她露個臉就大事底定了。

「戈德溫小弟從以前就很機靈，倒是適合做這種工作。」

在夜風的吹拂下，米絲托慕往旅館走去。

她之所以選擇港區的旅館而非中央區，是因為走在中央區街上會一直被叫住。

況且沉浸在往事的時候，邊走邊欣賞倒映於河面的月亮也不錯。

米絲托慕在無人的街道上走了一會兒。

（有人在跟蹤呢。）

差不多再走十分鐘就抵達旅館之際，米絲托慕察覺到自己被跟蹤了。

附近只有孤零零一戶小民居。

從屋內沒有亮光來看，居民應該是出門了。

米絲托慕悄悄結印。

將魔法保持在即將發動的狀態，是米絲托慕最仰賴的拿手招數。

（對方也發現自己行跡敗露了！這股殺氣，那傢伙打算殺我嗎！）

米絲托慕隱居已久，萬萬沒想到如今還會被盯上性命。

即使如此，她依舊是身經百戰的老練冒險者。

她利用魔法保留對衝出來的歹徒發射強烈的閃光。

如果對方有使用夜視技能，這道閃光就會造成暈眩。

然而，歹徒毫不畏怯地舉劍逼近而來！
（閉著眼睛！心眼技能嗎！這傢伙的實力非同小可啊！）
米絲托慕以左手結完印，釋放出保持中的魔法。
「雷電之刃！」
米絲托慕手中出現一把長達三公尺的巨大閃電劍，貫穿了襲擊過來的歹徒。
只見歹徒變成黑炭，嘶嘶地冒著煙倒下。
「我知道後面還有！」
她一邊轉身，一邊用雷電之刃橫掃從背後衝來的兩個歹徒。
但雷電之刃揮空了。
（竟然能及時躲開嗎！）
跳起來的歹徒從上空舉劍朝米絲托慕揮落而下。
「魔力解放！」
米絲托慕這麼一喊，雷電之刃便膨脹爆炸。
猛烈的閃電以雷電之刃為中心迸發出來破壞周遭。
正要一劍揮落的歹徒在極近距離下直接遭到爆開的閃電擊中，倒在了地上。
米絲托慕的厲害之處，在於她控制魔力的方法豐富多樣。

她單憑一招上級魔法可以發展出五花八門的效果，例如用於偷襲或牽制的魔法保留，以及對發動中的魔法解除控制來引爆能量的魔法解放等，並以此戰勝無數對手。

「縱使上了年紀，但不愧是傳說中的海賊。兩個人就這樣被幹掉了啊。」

閃電的爆炸結束後，最後一人落地這麼說道。

「你知道我的過去嗎？」

最後一名歹徒理應也被捲入了閃電的爆炸中，然而看起來卻毫髮無損。

額上沁出的汗水惹惱了米絲托慕，只是她連擦汗的空檔都沒有，一直舉著枴杖。

（那個男人的表情還真是從容啊，看著就火大！但我的魔力還沒恢復，已經用不了上級魔法了。這下該怎麼辦呢？）

她沒在佐爾丹見過那個男人。他是加護等級很高的戰士。

雙方早已處在劍的攻擊範圍內，就算能使用上級魔法，這個距離對魔法師還是很不利。只見男人自認勝券在握地露出不懷好意的笑容。

就在此時——

「荊棘捆縛！」

「什麼！」

無數荊棘捆住了男人的身體。

「這人可是我的朋友。」

從暗處現身的亞蘭朵菈菈這麼說著，瞪著那個男人。

「……我可沒聽說還有妳這樣的傢伙在啊。」

「你這麼說也只會讓我感到困擾而已。」

「確實啊！武技：火遁！」

火焰包覆住男人的身體，把荊棘焚燒殆盡。

「喝啊！」

隨著一聲吆喝，這次引發了火焰爆炸。

等爆炸散去，那個男人和倒下的歹徒們都消失不見了。

亞蘭朵菈菈原本想追上那些歹徒，但現在米絲托慕更重要。

「沒事吧？」

「竟然被妳給救了啊。」

亞蘭朵菈菈和米絲托慕警戒著周遭，不過歹徒們似乎已經遠遠逃走了。

「那些傢伙是什麼來歷？」

「不曉得，我也是突然遭遇襲擊，根本一頭霧水。」

「沒有任何頭緒嗎？」

「我雖然是佐爾丹前市長，但早就隱居了。現在才來取我的項上人頭，又有什麼意義呢？」

米絲托慕聳聳肩。

聽到這番話，亞蘭朵菈菈的秀眉抽動了一下。

「米絲托慕，我之所以出現在這裡，是因為我在找妳。」

「找我？」

「話先說在前頭，我把妳當作朋友來看待。」

「這還真令人開心。」

「我想成為妳的助力。畢竟之前給妳添不少麻煩，還欠下了人情。」

「講話真是兜兜繞繞的啊。所以妳找我究竟有什麼事？」

米絲托慕定定地盯著亞蘭朵菈菈的眼睛。

亞蘭朵菈菈沒有移開視線，用清澈的眼眸直勾勾地回看米絲托慕。

「妳對付流星時施展的惡魔熾焰，是魔王軍的上級惡魔才會使用的黑暗魔法。」

「……這個大陸上竟然有人知道那個魔法啊？」

「由於戰爭的緣故，現在跟上級惡魔交手過的人也愈來愈多了。」

「那我可得小心些才行了。」

米絲托慕泛起苦笑。

見狀，亞蘭朵菈菈正色問道：

「米絲托慕，妳的來頭不只是邊境的英雄吧？」

「…………」

「妳到底是何方神聖？」

米絲托慕用手抵著下巴，靜靜地陷入沉思。

亞蘭朵菈菈並未催促，只是等待米絲托慕對自己寄予信任。

不同於放下英雄身分過著慢生活的雷德等人，亞蘭朵菈菈現在依然是個英雄。

為了雷德等人深愛的佐爾丹以及眼前這位謎團重重的新朋友，亞蘭朵菈菈隻身在一年當中最為漫長的冬夜展開了行動。

後記

非常感謝翻閱本書的各位讀者！我是作者ざっぽん。

本系列終於來到了第五集。五本書並列擺放後，就會很明顯地占走書櫃一角呢。

第四集的故事發展到露緹從「勇者」加護獲得解脫的環節，而第五集則以亞蘭朵菈菈的再度登場作為開端。網路版沒有這次的故事，整集幾乎是全新撰寫的內容。

雷德等人過去以來的冒險都是為了拯救世界，然而這次不再是那種不容許失敗的冒險，而是他們第一次為了自己展開的日常冒險。這集就是描述這趟佇足欣賞沿途風光的輕鬆旅行。

露緹相較於前四集那種自暴自棄式的單打獨鬥，這次她懂得與夥伴們並肩作戰，展現出活力十足的一面；而我也寫得非常愉快。

此外，這次的第五集同時發售附CD廣播劇的特裝版（註：此指日本當地的販售狀況）。特裝版的後記內容跟一般版一樣，因此我想有些購買特裝版的讀者也正在閱讀這篇後記。希望大家能喜歡廣播劇的內容！

飾演雷德的梅原裕一郎先生的臺詞很帥氣，竹達彩奈小姐也把露緹的我行我素及仰慕雷德的感覺詮釋得很完美，而飾演表情變化多端的雷德前部下克琍絲的大西沙織小姐更是熱情演出，那精采的表現簡直讓我讚不絕口。再來是花守由美里小姐飾演的莉特，儘管正篇也很棒，不過鑽進睡著的雷德被窩裡的情境語音美好得令人想跪地膜拜！

為角色們傾注心血的各位配音員以及音響人員，真的非常感謝大家製作了這麼棒的作品。

另外，池野雅博老師繪製的漫畫版《真正的夥伴》也在《月刊少年Ace》連載中。漫畫版單行本第二集發售中。漫畫裡的莉特表情千變萬化相當可愛，與她一起生活的雷德也展現出幸福滿滿的表情，漫畫充分呈現出他們很享受佐爾丹生活的模樣。

在本集與眾人重逢的亞蘭朵菈菈正好在漫畫版第二集登場了。亞蘭朵菈菈的王牌巨木大精靈的英姿也收錄其中。

如果方便的話，請各位務必看看漫畫版！

下次是第六集。

冬至結束，佐爾丹即將邁入春天，過著慢生活的雷德等人會繼續享受冬季的後半段時光。而我也打算以再次登場的亞蘭朵菈菈和新登場的米絲托慕為中心，描寫這個系列的舞臺，也就是佐爾丹共和國這個小小國家的故事！

如果各位能喜歡雷德等人周邊的世界，以及他們在這個世界裡幸福度日的故事，我會感到非常開心的！

那麼，這次當然也少不了各方人士的鼎力相助。

やすも老師的插畫總是很漂亮，非常感謝您這次也為本書繪製精美的插畫！

設計人員、校正人員、印刷廠的各位人士，以及與本書有關的每一個人。這本書能夠出版都要多虧大家的幫忙，真的非常感謝各位。

宮川責編，我們一起製作的這個系列已經在不知不覺間來到第五集了。本來還苦惱該如何把內容呈現給讀者，現在能出到第五集真的讓我很高興。

最後，若是這本書能讓各位讀者或多或少獲得一段快樂的時光，這就是身為作者最至高無上的喜悅。今後還請大家多多支持。

２０１９年　寫於眺望梅雨拍打青葉時　ざっぽん

我是やすも。這次也畫得很開心！
我每天都想著要多練習畫武打之類的場景，
希望能將更有魅力的場景呈現給大家。

凶刃朝神祕的
魔法師米絲托慕
襲擊而來！
與「流浪刺客」
對峙的殺手媞瑟
將會——！
因為不是真正的夥伴
而被逐出勇者隊伍，
流落到邊境
展開慢活人生6
近期預定發售！

因為不是真正的夥伴
而被逐出勇者隊伍，
流落到邊境展開慢活人生

Banished from the brave man's group, I decided to lead a slow life in the back country.

異世界悠閒農家 1~6 待續

Kadokawa Fantastic Novels

作者：內藤騎之介　插畫：やすも

大樹村來了一對狐狸親子！
慢活生活＆農業奇幻譚，第六集登場！

一隻幼狐誤入迷途跑進村子裡，與村裡的人們變得日漸親近；追趕而至的母狐卻提出說要支配大樹村？儘管對手不太好對付，但是否能見識到九尾狐的真實本領呢？越來越多人移居到大樹村，村子的規模也變得越來越大！擴建過了頭，甚至來到魔王國境內？

各 **NT$280~300/HK$90~100**

打工吧！魔王大人 1~20 待續

Kadokawa Fantastic Novels

作者：和ヶ原聡司　插畫：029

魔王與勇者展開親子三人的同居生活!?
消息傳到異世界安特・伊蘇拉引起軒然大波！

阿拉斯・拉瑪斯也出現異常。為了拯救女兒，魔王說服了原本頑固拒絕的惠美，前往她位於永福町的家。在目睹了擺在玄關的室內拖鞋、大冰箱和獨立衛浴等遠勝三坪大魔王城的設備以後，魔王大受震撼，親子三人就這樣在惠美家展開同居生活……

各 **NT$200~240／HK$55~75**

戰鬥員派遣中！ 1~6 待續

Kadokawa Fantastic Novels

作者：暁なつめ　插畫：カカオ・ランタン

異世界侵略喜劇進入全新篇章！
愛麗絲和六號要踏上嶄新冒險旅程!?

魔王杜瑟轟轟烈烈地自爆後，總算成功制伏了同業競爭者魔王軍的六號變得閒閒沒事做。就在這時，鄰國托利斯居然滅亡了!?愛麗絲立刻著手調查，疑似神祕勢力的暗影也若隱若現！未知星球上的占地對決即將白熱化——

各 **NT$200~250/HK$67~83**

國家圖書館出版品預行編目資料

因為不是真正的夥伴而被逐出勇者隊伍，流落到邊境展開慢活人生 / ざっぽん作；Linca 譯. -- 初版. -- 臺北市：臺灣角川股份有限公司, 2021.05-
冊；　公分. -- (Kadokawa fantastic novels)
譯自：真の仲間じゃないと勇者のパーティーを追い出されたので、辺境でスローライフすることにしました
ISBN 978-986-524-414-9(第 5 冊：平裝)

861.57　　　　110003649

Kadokawa
Fantastic
Novels

因為不是真正的夥伴而被逐出勇者隊伍，流落到邊境展開慢活人生 5

（原著名：真の仲間じゃないと勇者のパーティーを追い出されたので、辺境でスローライフすることにしました 5）

2021年5月10日 初版第1刷發行
2021年11月17日 初版第2刷發行

作者：ざっぽん
插畫：やすも
譯者：Linca

發行人：岩崎剛人
總編輯：蔡佩芬
編輯：彭曉凡
美術設計：李思穎
印務：李明修（主任）、張加恩（主任）、張凱棋

發行所：台灣角川股份有限公司
地址：104台北市中山區松江路223號3樓
電話：（02）2515-3000
傳真：（02）2515-0033
網址：www.kadokawa.com.tw
劃撥帳戶：台灣角川股份有限公司
劃撥帳號：19487412
法律顧問：有澤法律事務所
製版：巨茂科技印刷有限公司
ISBN：978-986-524-414-9